80 年代初著名数学家、复旦大学校长苏步青教授回到家乡，作者一路陪同

1982 作者与第一届平阳县文联常委们合影合影

70 年代的作者在苏步青老宅前留影

2010 年作者与夫人参观世博园

2008 年作者与夫人在瑞士少女峰脚下留影

2012 年作者在青岛康有为故居前

2012 年摄于杭州桂客山庄的全家福

作者 70 年代末建于平阳的住宅

住宅内的题词牌匾

浩气长存封面、作品

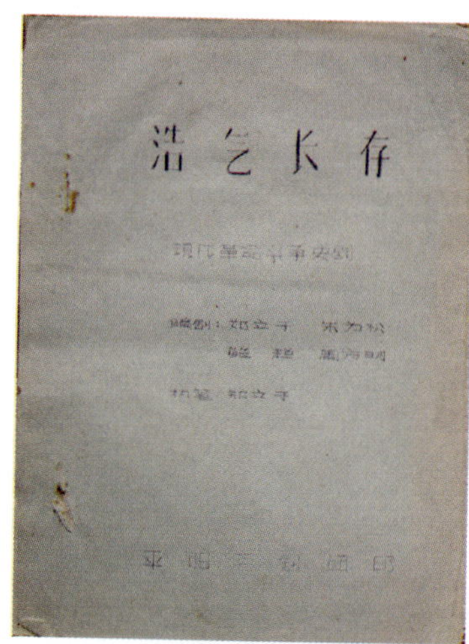

浩气长存

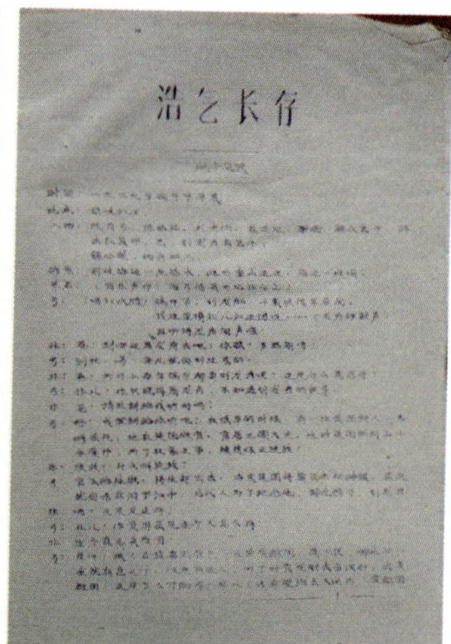

浩气长存

1963 年与部分诗友合影

鄭立于文集

谢云题

作品创作纪略

第八卷

郑立于 著

浙江工商大学出版社
ZHEJIANG GONGSHANG UNIVERSITY PRESS

图书在版编目(CIP)数据

郑立于文集. 第八卷，作品创作纪略 / 郑立于著.
— 杭州 ：浙江工商大学出版社，2016.9
ISBN 978-7-5178-1696-6

Ⅰ. ①郑… Ⅱ. ①郑… Ⅲ. ①郑立于—文集②中国文学—文学创作 Ⅳ. ①I217.2

中国版本图书馆 CIP 数据核字(2016)第 149072 号

郑立于文集

——第八卷　作品创作纪略

郑立于 主编

责任编辑　姚　媛
封面设计　叶　斌　林朦朦
责任印制　包建辉
出版发行　浙江工商大学出版社
(杭州市教工路 198 号　邮政编码 310012)
(E-mail：zjgsupress@163.com)
(网址：http://www.zjgsupress.com)
电话：0571－88904980，88831806(传真)
排　　版　杭州朝曦图文设计有限公司
印　　刷　虎彩印艺股份有限公司
开　　本　787mm×1092mm　1/16
印　　张　153.25
字　　数　2725.2 千
版 印 次　2016 年 9 月第 1 版　2016 年 9 月第 1 次印刷
书　　号　ISBN 978-7-5178-1696-6
总 定 价　350.00 元(共 8 册)

浙江工商大学出版社营销部邮购电话　0571-88904970

目　录

CONTENTS

第一编　郑立于自撰诗文书法作品选

第二编　郑立于文学创作年谱纪略

第三编　言志楼要事纪略

第四编　郑府黄丽容太孺人高龄仙逝纪念文集

第一编

郑立于自撰诗文书法作品选

安康
幻都

風懷澹宕

詩以言志

鄒

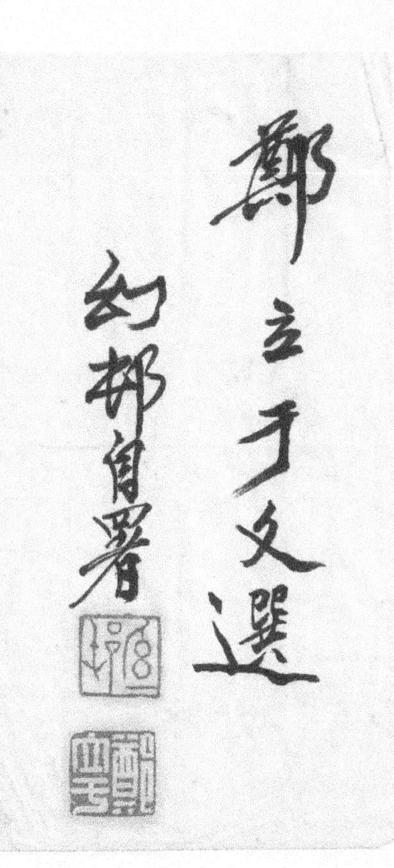

佛從五臺來食山
中樹果野菜聽天宇雷
鳴薩響僧勝百齡圓寂笑顏
亦意至今水昨自然規律誰探
索 身隨九華坐看世界風雲
變幻想苦海衆生呼救歷經世秩
長存閉目合情雖滅猶生哲
學理論待深鈔 題九華
山真身佛殿

國學大師欣受天功翰墨深沈蘊哲理溢詩情

敬奉

蘇淵雷 蘇春生喬梓書画展

鄉後鄭 立于撰於錢塘江畔

藝壇俊秀恭承父志丹青燦爛

嘉陵江

五百里注江大師只畫出丹明劍閣霧鎖巴山却難描肉周碑痕血染碧水

重慶三千日抗戰民眾還不忘小壁嘆英紅山岩斜笙史恆記保衛傳絕抵國指仇

三十年後為重慶指嘉陵江德居民深於抗日情懷倍受感動為於天門碼頭撰此聯

少年至海讀瑯環
夢裏追思夜航船
百載沉潛天一閣
獨家校注眷變全
山川日月語智慧
艸木鳥禽結佛緣

深感劉公多建樹東方既白再揚帆

劉耀林先生系老友早在浙報副刊時就過往甚密後供職於浙江古籍出版社其點校之古籍夜航船等很受世人贊許

甲午夏月紉郁鄭立于並書於西子湖畔

世外桃源地化城訪謫仙幽泉通萬古
銀杏越千年精舍留蹤跡唐碑
鐫詩篇詩宗何處去杯酒對蒼天

題九華山李白書堂 鄭立于撰書

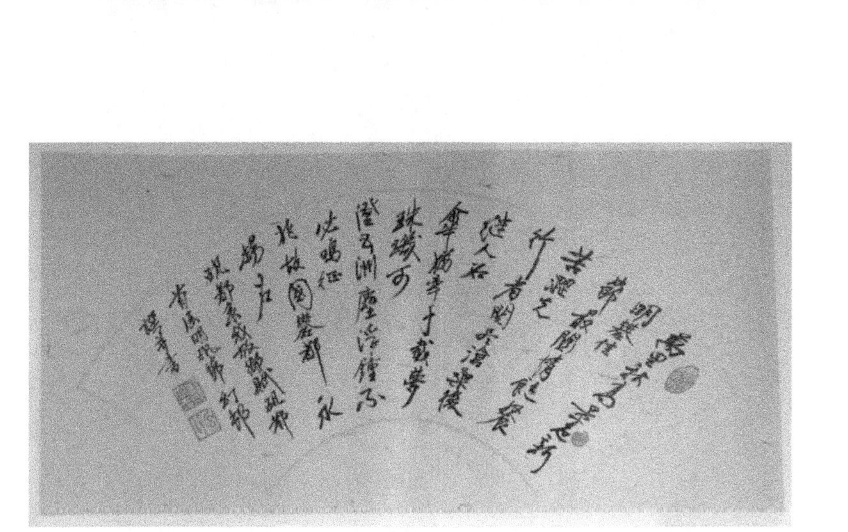

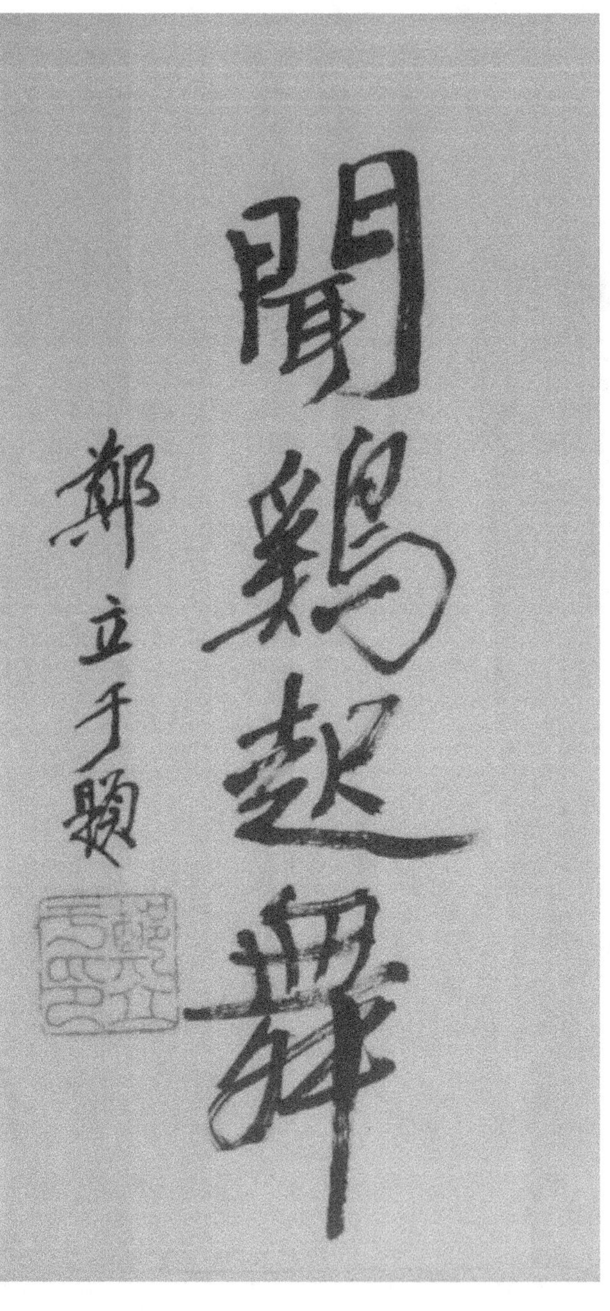
聞鷄起舞
鄭立于題

言志樓記

祖國之醫都乃余之故鄉先輩從河南滎陽遷至福建長樂里繁衍至浙江樂清永嘉甌海白水再從居鰲山余寓居平陽數十年一九八〇年在平陽縣城南門鉄爐村購地四百多平方米建兩層樓房三間後有井右有池環境幽雅面顯系蘇步青先生所題文曰言志樓詩言志出于見典古籍詩以言志志以定言為人亦應有寬大懷抱對人寬對己嚴言行一致如今言志樓藏書已逾五萬册子孫分居杭州廈門平陽蒼南海外等地皆有藏書樓閣後輩亦有不少著述譯文出版含婚之期余與賢內助黃麗容商識為發揚言志樓求知治學創業之精神將言志樓匾額長聯十方將此記題於匾後分贈兩女鄭水天鄭甫枝兩男鄭洋野鄭水国敘切利望汝輩及其子孫續萬卷書行萬里路結萬人緣盡力成為有高尚道德之人有文化素養之人有專業技術之人是為記

言志樓主 鄭立于 黃麗容

公曆二〇〇〇年秋月吉日

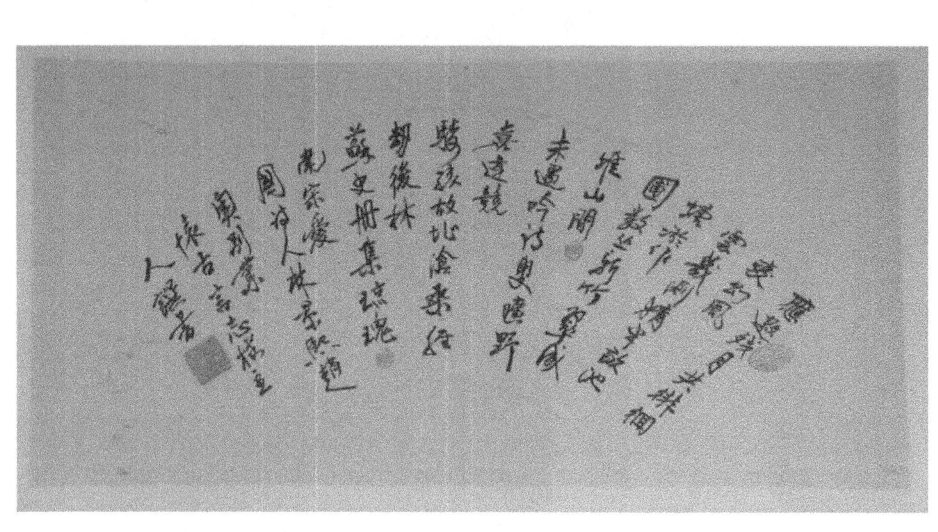

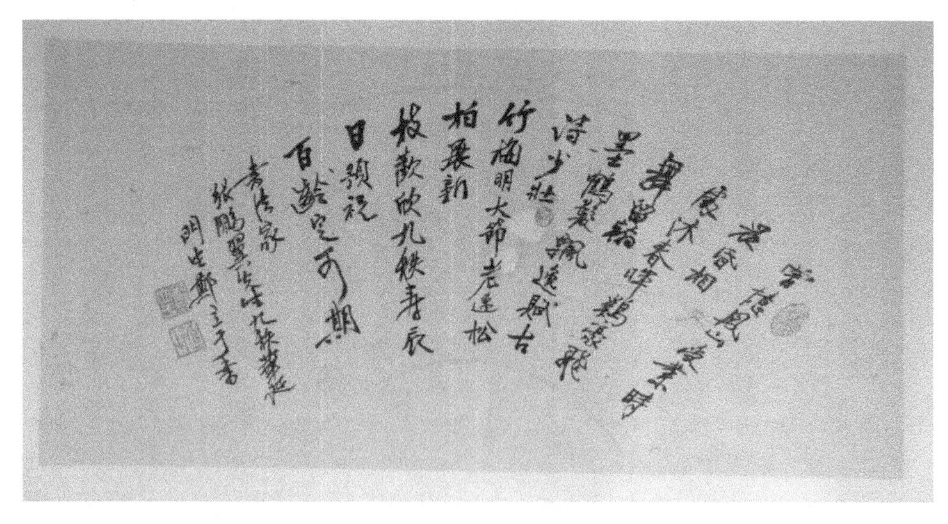

應邀殘月共徘徊，別業遺踪幾測猜。半畝池塘游作圃，數叢新竹翠成堆。山間未遇吟詩叟，曠野喜逢競騎孩。故址滄桑經劫後，林蘇史冊集琼瑰。

南宋愛國詩人林景熙趙輿別業懷古

鄭立于撰書於杭州言志樓

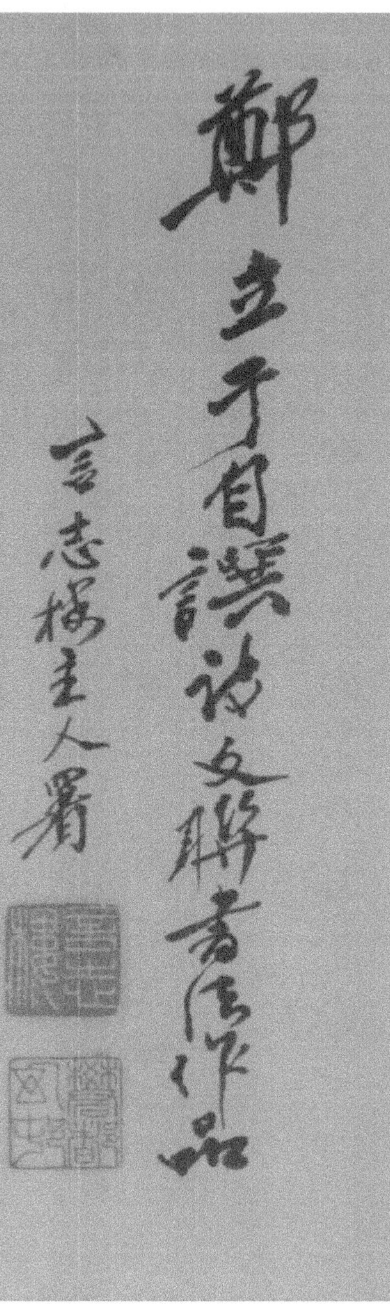
鄭立于自選詩文聯書信作品
言志樓主人署

幽泉通萬古
銀杏越千年
幻邨鄭立于撰書

屋破知明月
床寒識朔風
鄭立于題

紙上輕舟藏意象
崖間瘦竹顯精神
蔡邨幻邨題

飽餐苦澀先行者
開啟滄桑後繼人
八旬叟幻邨書

山川日月啟智慧
艸木鳥禽結情緣
鄭立于[illegible]

任是天涯海角際此月明
千里共 [illegible]
為心同 鄭立于書
依然汐乘潮生從今喚填

題[illegible]
百[illegible]
[illegible]紅
幻邨[illegible]

題九凰山藏太平歸元寺聯
大乙耀錦屏古寺何
尋歸隱詩人留墨迹
平原觀伏虎雅院重
建元良耕者創新天
鄭立于撰並書

題東坡之濱亭閣
亭閣臨江宜捉月
樓臺騰霧可登天
幻邨鄭立于撰書

禍福相依伏轉危為安宜
積德 題九凰山道觀
修身 蔡邨鄭立于撰書
心田憑耕耘歸正從善須

中华山水

题庐山五老峰李白读书处

追寻胜迹，三姑石含怒开言；酒仙早羽化，仅遗磉盘一二
细觅诗心，五老峰开怀启示；意境凭飞升，空余感慨万千

题郑成功石像前石牌坊

金瓯补缺建殊功，孤忠焯烁，海田风定
故国振兴孚众望，两岸磅礴，天宇月圆

（郑立于并书）

莒溪景区沉香塔联

三溪净境三摩地
九级浮图九重天

（谢云书）

题桂林龙隐洞

非好汉，雌雄恶斗山巅，羽谢血流，何时休止
是真龙，母子深藏洞内，神凝露吐，一日腾飞

题上虞东山风景旅游区

洞府弦歌鸣今古，先哲遗踪，东山再起
越瓷翠彩映乾坤，虞黎发迹，舜水重熙

（郑立于并书）

题浙南渔寮海滨景区

天际碧波万顷，白鸥竞渡，何处觅岛中羽士
海湾渔舍千扉，淑女互歌，此间乃世外桃源

题南雁白云瀑观瀑亭（二副）

（一）
瀑裹白云，万树白梅开四季
峰披铁服，两根铁阙擎九天
（二）
侧观仙女下凡，舞蹈千姿半遮面
仰望巨龙出谷，奔腾三折不回头

（萧耘春书）

苍南公园望江亭联

四野稻香，三江水态
一园春色，万户书声

（萧耘春书）

题福建太姥山香山寺山门

香火因缘，玉兔下凡听佛法
山川灵气，犀牛望月悟人生

（郑立于并书）

福建太姥山长联

造化特神奇：且看一线穿嶂，二佛谈经，三硕伏腰，四海会仙，五彩祥云，六和鸿雪，七星高照，八挂阵图，九鲤朝天，五十四峰，四十五石，尚有古木奇花，异禽怪兽，碧流洞府，激瀑飞泉，弯弯曲曲。亦形亦景，变化无穷。攀上云霄极顶，更望浙闽赣粤风光，澎台金马秀色。滔滔白浪，万点帆归。册封三十六名山，此处誉为天下第一
传闻难解读：回溯帝尧巡行，太姥修身，东方手迹，钟离乐善，国显除奸，

以刚陷阱，朱子草堂，伯简抗倭，高僧焚歹，锡龄撰志，女侠石棺。更志爱情梦幻，祸福伏依，战争胜负，洋场浮沉，是是非非。其事其人，轮同莫测。自谙肺腑底层，再考士农工商成就，艺文经贸辉煌。滚滚思潮，两岸情牵。展示千余年历史，其时应是盛世无双

题闽南龙溪木棉庵

红梅阁闹鬼，史笔无情留秽迹
木棉庵惩奸，狱官仗义志碑铭

（木棉庵在福建省龙溪县九龙岭下，是义士郑虎臣惩处奸相贾似道之处，如今还留有石碑、石牌坊。）

题五台山某尼庵客堂

庵小隐明星，天津孝女伸冤，北大红颜受辱，遁人沙门，深究尘寰求解脱
佛慈启暗示，沧桑间断轮回，善恶早迟报应，公兹社会，弘扬佛法得真如

题厦门启明寺

曾山遗净土，梵贝千声明慧眼
南海作莲池，水天一色澄尘心

（郑立于并书）

题武夷山悬棺崖壁

一念阐弘无字决，缥缥缈缈
自家解答悬棺题，是是非非

题浙闽边界五凤茶园

地隐群龙，山栖五凤
茗传全国，馨溢九天

南岳衡山回雁峰

历史无情亦有情，几经尘劫，名士尚留墨迹
衡山有意似无意，数度钟鸣，雁群重觅旧踪

题玉苍山景区(两副)

(一)

晨见神仙争坐位,原是奇峰怪石乱云卷

夜闻佛陀读诗篇,无非竹韵松风瀑雨飞

(二)

玉笏丛林,法雨幽泉涤世虑

苍松淼海,涛声梵韵得证因

题重庆朝天门码头亭

嘉陵五百里注江,大师只画出月明剑阁,雾锁巴山,却难描肉固弹痕,血染碧水

重庆三千日抗战,民众还不忘生灵涂炭,红岩斜笠,更恒记御倭传统,拯国精神

题浙南龙泉寺大雄宝殿

浮生若海燕,影留南北,不知住果

沉梦醒梵钟,声播古今,肩示真如

(张禹书)

浙南灵山道观大罗宝殿

朝瞻覆鼎,红云拥白鹤,烟雾缥缈,何处通九重金阙

暮察支江,晚磬伴潮声,水月朦胧,此间是三壶仙都

(萧耘春书)

题山东蓬莱阁

蓬莱天下景

狂士世间仙

题浙闽边界分水关

高催望百乡三邑,抗倭又抗顽

雄关通两浙八闽，分水不分家

杭州苏东坡纪念亭联

法相依然，百结幽思牵巴峡
情缘未了，千年阔别返杭州

题广州农民讲习所

轻步入讲堂，画面王公走出，问四季柚熟否？戍郭申报国保
转身跨门槛，耳旁张伯急呼：寄一照片过来，天方见面夜谈

（王国桢、张培农二烈士生前曾在广州农民讲习所学习）

题浙闽边界某寺

古刹肇宋朝，杰构楼台，今犹首现石像荧辉，高僧舍利，释典诸宗同一脉
名山面阿里，宏观景致，尚可恍闻佛光经偈，彼岸钟声，金瓯一统垂千秋

南普陀太虚图书馆

归心南普陀，百万图书，一杯清茶，无边学海凭游泳
极目东堤岸，语文共典，血肉同源，有助慈航任往还

（了法书。了法现任厦门市佛教协会咨议委员会主任、闽南佛学院院务委员会副主任，南普陀寺首座。著有《佛说梵网经菩萨戒本释义》《四分律比丘戒本路讲》《了法法师书画作品集》等）

题九华山真身佛殿

佛从五台来，食山中树果野菜，听天宇雷鸣钟响，僧腊百龄圆寂，笑颜示意，至今如昨，自然规律谁探索身仍九华坐，看世界风云变幻，想苦海众生呼救，历经卅秩长存，闭目含情，虽灭犹生，哲学理论待深研

题燕窝洞葡萄泉亭

小隐莽湖，泉涌葡萄酿美酒
欣逢盛治，鼇规亭阁通灵源

题南雁荡仙姑洞

山水结缘，得道仙姑留胜迹
精神怡养，飞升羽士炼金丹

题蒲壮所城牌坊

驱散倭霾，千秋遗胜迹
振兴重镇，万众颂富疆

（萧耘春书）

莒溪景区进口大牌坊联

峰峦舒画卷，纷翅晓岚、暮霭、鸣禽、呦犊
潭漈潜蛟龙，辈出墨士、技师、佳丽、英豪

（郑腾芳书）

北雁下山头牌坊联

三面青山环抱，仁人益寿创勋业
双溪绿水汇流，智者多谋争国华

（与高育厅先生共撰）

题棋王谢侠逊棋院

棋竞称王，一卒一兵拯故国
公原仰德，百龄百胜誉寰球

题姜立夫先生故居

一门乔梓双院士
三代畴人百世师

题太姥山金龟爬壁

太姥登天遗胜迹，丁年敬仰

灵龟攀壁留爪痕，百代犹新

（郑立于并书）

拜谒林竞先生霞关旧居

霞关一镇，身蕴三分洋气，谁犹记伟才远去
旧屋数楹，面对万顷波涛，众殷期灵骨归来

题厦门吉家·家世界建材家居厂商直销基地石牌坊

吉地结良缘，四海精华惠迪吉
家邦逢盛治，千重楼阁誉名家

（郑立于并书）

题太姥山麓新灵寺

新月上东山，灯火万家渡夜汐
灵明寄秋壑，虚空一悟听晨钟

（郑立于并书）

肇庆鼎湖七星岩

洞府隐七星，北海碑铭光百世
鼎湖涵五岭，两江风物耀九州

题苍南公园

苍山毓灵秀，愿家乡巧匠、能工、学十、贾商，旅次于五洲酒店，东南两北辟财源，为故国加砖添瓦
南域崛新城，看天下奇花、异木、亭台、楼阁，安排在一处公园，春夏秋冬增景色，让人民益寿延年

九华山李白读书处

银杏捋长须，见证李白读书发迹
诗家唯小吃，走投大江揽月飞升

（题于李白读书处邻近，昔年曾开设李白小吃部）

题玉苍山东麓亭阁

百壑聚清泉，汇作玉龙奔大海
千峰钟秀气，招来彩凤舞中天

题西塘园林亭联（三副）

（一）
翠鸟欢歌轩上客
金鱼喜逐水中天
（二）
一泓二景三阳泰
四季五芝六味和
（三）
几叠野山，半亩秀水
五洋宾至，百态鱼游

题南京鸡鸣寺侧胭脂井

井枯凝脂粉，潇洒游人论往事
鸡鸣启慧门，慈悲老衲念弥陀

普陀山真假观音

百步沙，千步沙，沙滩尽处有渔家，渔女似观音，亦文亦武，难分真假。
逸事新闻红数载
无意来，不肯去，浩海崖头栖寮舍，观音幻法相，救苦救难，明辨是非。
雅院杰阁垂万年

题福州西湖亭阁

雅阁临湖，云霄水底易捉浮空月
倚栏小坐，近肆远山可闻石鼓声

题黄山文笔峰迎客松景区

寻访李公，心期文笔成佳句
登临胜迹，袖拂雪花拜老松

题雁荡观瀑亭

贪绝景倚栏小坐
遇知音置腹长谈

峨嵋山佛光

佛光非神话，雨霁虹飞，偶尔赐予幸运者
金顶在天庭，心诚意虔，居然唤醒梦中人

四川乐山大佛

瞻大佛，方知人渺小
访名山，顿觉腑宽广

题某禅寺观音阁

南海驾慈航，普度众生归净土
中天悬慧日，光昭法界证禅心

苍南县县树县花联

（一）
杜鹃有色满山艳
樟树无声遍地香
（二）
杜鹃映日，三阳开泰
樟树献身，四海闻馨

题浙南东林寺天王殿石柱

龙跃云霄，文笔题诗天作纸

风归圣地，殿堂念佛海为心

（郑立于并书）

涌泉禅寺大雄宝殿联

寮舍越千年，千秋功业。遥忆善诚宋代开山，千户马公辟路，千字碑铭遗史绩

涌泉来万古，万脉通融。试看僧衲精蓝念佛，万春禅理奉行，万家香火结因缘

（萧耘春书）

题安福寺大殿

河绕伽蓝烟绕树，静观皆般若

书听经偈夜听潮，澈悟尽真如

（郑立于并书）

题九江甘棠湖畔旅社

凭窗观匡庐，微茫烟景，尚见江浸月

卧榻近甘棠，缥缈梦魂，犹闻琵琶声

（郑立于并书）

广州黄花岗

黄花浇碧血，昔时课本今重读

华碣现健儿，此刻心潮倍激扬

题纪念宋代诗人林霁山仰霁亭（三副）

（一）

白石著诗篇，易世吟余追旧事

青芝留翠碣，寒琼拾得见忠心

（郑立于并书）

（二）

仰也诗魂，爱国忠君扬气节

霁乎春雪，雁山鳌水遗心声

（三）

梦里冬青留旧史

亭前碧水抒豪情

题浙闽边界某古庙

奔腾江上，彩虹跨步通南北

翠绿林中，老庙开怀话古今

（郑立于并书）

题苍南新县城

一城横贯三江水

四海扶持八面山

题太乙禅寺

太乙悬中天，过目风云忘世事

平湖映梵宇，潜心经偈悟禅机

题南丰凤山两村合建南山亭

水流南郭，学兴县邑，千年桃李芬芳，颂德丰碑竖故里

亭靠凤坡，雏山乡部，百世彦才荟萃，歌功丝竹乐斯民

（郑立于并书）

题玉苍山法云禅寺

古刹庄严，塔铭遗圣迹

高僧圆觉，梵韵入诗声

（郑立于并书）

题浙南西念庵

两水会门前，洗尽尘寰浊气

九龙蟠庵后，长存福地祥云

（郑立于并书）

题南雁荡龙凤亭

龙首凌云抒壮志
凤池霁雨咏新诗

题鹤顶山某寺

殿依鹤顶，凌云万仞天穹近
面向雁荡，纵目千寻意境宽

（郑立于并书）

戏题南雁荡凤山古寺

凤崖无罪，惨遭断翅严刑，昂首天庭难飞去
山石有灵，忍受参禅合掌，转睛佛陀已降临

题黄公洞侧某寺

云霭出洞宫，看海市蜃楼，苍山暮色，此路通西天佛国
源泉润福地，问诗人墨客，名臣巨贾，何方是尘世乐园

（郑立于并书）

题山门红军公园红军亭

鼓角频催，唤醒睡狮驱夜雾
松篁竞发，招归彩凤描鸿图

（代老红军华业都同志和叶启友君撰）

题南湖桥侧文明亭（两副）

（一）
高亭倒悬水中天，四时换景色
虹霓横跟涧上壑，万里志游踪

（二）

南北架彩虹，喜见蛟龙腾大海

古今论世事，犹闻凯歌入高亭

（郑立于并书）

题瑞安塘下刘少奇批示纪念亭

伟人两百言，世鉴警钟常响

社稷千秋业，公论本色长青

（与郑嘉顺同志合撰，郑幻邨书）

题东海之滨某寺韦陀殿

佛法重为山，学法说法，尚须四大天王无私护法

人心轻似雾，慧心匠心，仍凭十方信士有意修心

题浙南玉佛寺大雄宝殿联

新堂供玉骨金身，四海升平，救苦救难，教化众生通妙理

佛地降慈云法雨，九州瑞霭，亘今亘古，肃清万念现真如

题杨梅园亭阁

一园杨梅，叶碧果红赏雅趣

几楹亭阁，风清月白叙幽情

题龙港金龙道观

金钗河畔设金坛，玉振金声，弘扬道德经，瞩今日太平盛世，百川入海归正道

龙港市中潜龙穴，虎啸龙吟，回顾历代史，瞩未来锦绣前程，万众同心创奇观

（郑立于并书）

题厦门海滨大厦

高楼矗闹市，矢志下钩创伟业

雅牖映长天，惊涛万顷壮雄风

（郑立于并书）

题浙闽边界路亭

地接鼎平泰，昔日峥嵘星指路
人求善美真，前程灿烂火燎原

题滨江公园水榭

远山吞夕阳，织锦朱霞映晚景
水榭赏皓月，涌泉古曲涤尘襟

题问津亭

问横卧津梁，今古名人知多少
看倒竖文笔，沧桑阅世恰清明

（郑立于并书）

题千佛岩联

生欢喜心，证菩提果
到无尘地，结山水缘

题祥云禅寺大雄宝殿

祥光披精舍，经声佛号，繁华市中留净土
云影笼灵山，竹籁松风，庄严界里悟真常

（郑立于并书）

题南雁荡山钱仓摇动岩亭

孤亭屹立，三面山峦单面海
巨石动摇，一分人力九分天

（郑立于并书）

题矾都矿山保护神庙联

孤庙凌空，四山韫玉
群灯悬境，万里蒙庥

（郑立于并书）

题浙闽边界某古寺

晨叩钟声，暮击鼓声，确奉清规铭戒志
讲究佛法，皈依僧法，坚持素履凛修箴

玉苍山普同塔联

古刹近千年，沐法雨慈云，塔碣普同铭圣迹
名山延八面，闻天风梵韵，卍莲诗草见禅心

（郑立于并书）

题某佛寺

追寻千里途，朝圣三摩地
参拜十方佛，永结万人缘

题玉莲村古戏台

玉宇回清音，北调南腔，嬉笑悲歌非本色
莲池印剧影，古人今事，忠奸善恶显原形

题横阳某道观

祸福相依伏，转危为安宜积德
心田凭耕耘，归正从善须修身

墨池坊池上楼

墨池最黑，多情骚客常移近
华盖不高，无聊孺夫畏蹈攀

题卢氏大厦

遥望东海，大厦豪情在
近枕西山，中天紫气来

题九凰山麓太平归元寺

太乙耀锦屏，古寺何寻，归隐诗人留墨迹
平原观伏虎，雅院重建，元良耕者创新天

题瑞安某寺

面对飞云，烟雨溟溟，苦海岸滨寻宝筏
背依古塔，殿堂巍巍，禅林深处参如来

题矾都莲华寺大殿

莲叶浮清波，倒映鹤峰景色，佛国乐园心内蕴
华鬘飘紫雾，环回翅潭钟声，矾都宏构眼前开

（郑立于并书）

题横阳古城坡南问津亭

门临湖水澄清处
亭在山峦环抱中

（郑立于并书）

题千年古渡某寺

灵光耀寺宇，古渡千年，闻钟醒世
云气泽人寰，高楼百座，击鼓进军

题浙南某江滨亭阁

亭阁临江宜捉月
楼台腾雾可登天

代人撰镇海禅寺联

听午夜潮声，世法有为皆梦幻
看大千色相，虚空无住即如来

丙寅夏月重修福泉寺永志

福至心灵，阅世精深明妙理
泉流寺静，修身砥砺悟钟声

（郑立于并书）

题烈士墓侧八角亭

亭依陵墓，缅怀先烈留宏愿
门对学堂，喜见后裔长成人

题闽南某古寺

寺近街坊，一尘不染
宾进梵境，万虑尽消

（郑幻邨书）

杭州皋亭山景区联

千年炯已杳，尚见残碑扶宗室
万竹节竞高，犹闻全国咏华宗

（皋亭山，俗称半山，在杭州东北部。文天祥受任右丞相兼枢密使时，曾在此抵抗元兵。近年还出土断石柱，镌有“扶宋室”三字，现存娘娘庙里。此联由赵志远书。赵先生系浙江江南旅游书画院常务副院长，曾在香港举行个人书画展）

题浙闽边界某禅寺

龙泉连地脉，泉声，经呗声，木鱼声，声声相应
古树倚洞天，树色，烟霞色，白燕色，色色皆空

题国家级文物保护单位蒲壮所城(三副)

(一)

龙隐所城镇海国,永志硝烟往事

鹤寻幻梦绕绿洲,拓开锦绣前程

(二)

蒲所建奇功,一堞一台遗古迹

顶峰瞻远海,百战百胜展雄风

(三)

热血筑所城,记取千年胜迹

精神铸铁汉,保全万里海疆

题陶然亭

陶君高筑陶然亭,陶陶心悦

行子优游行觞处,行行酒斟

龙港嘉福寺伽蓝殿联

清尘幻,即心即佛

隐众同,护法护人

(郑立于并书)

东狱观大罗宝殿联

氤氲古井,微妙悟玄机,九转还丹成正道

缥缈烟霞,幽深遗洞府,千秋历劫认仙踪

(谢云书)

题燕窝洞景区

两仙对弈,论战千年未定局

一洞通天,炼丹万日待飞升

题龟山公园夕照寺亭

拔地重峰飞法雨
擎天玉塔绕祥云

龟山公园石牌坊联

莒溪若西溪，千载长流，见证吴越荣衰史
屿下如留下，万家欢聚，倾诉古今忧乐情

（郑鹏高书）

苍南县郊百步亭联

登山百步风岚外
贯市三江锦绣中

（老铁书）

题白岩禅寺大雄宝殿

秀峰对峙，嘉木葱茏，此处堪称妙境
古刹中兴，梵宫壮丽，十方敬仰佛门

（萧耘春书）

碧云禅寺五佛大殿联

五方呈五色，五佛慈悲悯苦海
三界祈三皈，三星焯烁渡迷津

（郑立于并书）

题狮山公园

狮吼金乡，声张华夏，唤醒千秋沉梦
山朝东海，气贯寰球，构成万象宏图

飞云江畔某寺

滴水崖头崖滴水，水幻慧光，布遍天宇

飞云渡口渡飞云，云生法雨，洒向人间

题鳌江玉佛禅寺圣门

优游鳌水，看汐往潮来，可有慈航登彼岸
重建精蓝，听钟鸣鼓响，尚能默坐悟禅机

（郑立于并书）

矾都莲华禅寺大雄宝殿联

乱云飞渡，万象皆空，念灭方能明佛性
娴雨全收，一尘不染，功深然后悟禅机

（蔡启东书）

题浙闽边界某道观

清流如碧带，尊严道观烟雾里
华鉴似浮云，淡泊生涯理趣中

题闽浙边界佛塔

一柱擎南天，镇戍浙闽要隘
三江映塔影，蕃滋文武精英

题横阳仙坛山亭

虹卧清溪，水声弹古韵
亭依秀壑，山色抒新诗

（郑立于并书）

横阳古城元甫亭联

苏李氏行医济世，难忘报国志
元甫亭倚岭迎人，永记故乡情

（郑立于并书）

题东海之滨某道观

东临大海，西接玉苍，此处乃仙家栖息
忙里偷闲，闹中取静，何方效羽士长生

苍南县城河滨公园亭联

柳舞莺鸣，山青水碧
花芬竹翠，日煦风清

（叶宗武书）

题苍南河滨公园夕照亭

子夜歌声飘梦境
良晨塔影入清流

（陈斯书）

观美镇白马宫联

龙隐江巾，碧水迴流，捷报鲤书传梓里
凤栖宫后，紫雾缥缈，感恩馨炷达云宵

（刘德吾书）

题徐严夫读书处遗址

未见碑铭，少尼姑闲聊状元旧事
方闻经偈，老游客恍听书舍诗声

苍南县某戏台联

操演天荆地棘，神仙妖怪皆人为
纵观古往今来，善恶忠奸任世评

（与吴兰香同撰）

题莒溪龟山公园亭联

胜迹重光，碧环留塔影

山人圆梦，幽罄应钟声

（郑立于并书）

城门棋盘村亭联

龙吟虎啸，棋盘添俊彦
天赋人和，果苑谱诗篇

（萧耘春书）

莒溪景区蛇山公园联

百瀑奔腾汇沧海
群峰环抱隐洞天

题蒲城西城楼

城郭威严镇海，雄风传万里
陈公壮烈捐躯，正气贯千秋

（郑立于并书）

题浙江红村凤林石牌坊

凤集冠尖论国是，岁月无情，唯遗胜迹
林棲英杰赴战场，亲朋有望，共庆升平

（郑志兴书）

题玉苍山法云寺天王殿前方石柱

四众皈依，菩提心人三摩地
万方瞻仰，唯喜缘生兜率天

（与杨奔共撰，萧耘春书）

题东海之滨墨城古寺圣门

山门不闭，来去自如无障碍
觉路常开，早迟终可渡迷津

题南雁荡钱仓山巅亭

动静随缘，奇石千钧留亘古
悠闲自在，高亭一座话古今

庆祝中国共产党成立九十一周年暨党的十八大胜利召开圆满成功

九旬余一箴次，走出饥寒穴宅，登陆世界前沿，国力强盛，士座瞬间鹭俗眼
党十八大碑路，营求富足家园，探索天庭海低，伟业成功，江山百代仗道心

（幻邨与蒋嘉鹏谷撰，蒋系新四军历史研究会浙南分会副会长）

赠杭州食神胡亮君

半壁江山为日食，瞬间即逝
千秋御宴属天神，万古长存

（郑立于并书）

题矾都高岚山原区中心小学

鹤立东方，声鸣四野，德懋才高遍百业
溪流西向，浪渤三元，桃红李白续千秋

（郑立于并书）

张培农烈士哲嗣张世界永生不朽

农民运动先驱，西衣传万代
烽火鼎平后继，伟绩映千秋

（郑立于、黄丽君率子女冰天、霜枝、萍野、水园放轮）

题新建青街廊桥

廊桥亘睦水，幻现群星笔格
颂德感心田，独尊双合殿堂

（与黄益谦撰，幻邨书）

题杭州满党陇桂客山庄

半夜桂香飘梦境

藩邱秀色黎山圣

（此联幻邨出，山在近石屋洞、虎跑泉，是一休闲、品茗、养生好去处）

王青海、黄艳壬展就年车北序结为连理枝贺喜

青鹭飞跃海平线

黄鹄啼鸣艳阳天

（郑立于、黄丽容率子女冰天、霜枝、萍野、水园贺）

题广东珠江之畔郑氏大宗祠

根车荥阳，枝衍莆田，茶农珠江两岸，发达子孙遍百粤

祠依宝境，面向南泽，声闻大地九州，辉煌业绩续千秋

（郑立于并书，广州（苍南）郑潘理书会敬献）

林添祥、雷雯新婚道喜

林府挂红灯，十级高枝添祥祐

雷音闻雅室，三生缘果放雯华

（与内人黄丽容同贺，郑立于并书）

题杭州富春龙门丁家孙氏宗谱

富春山水，为诸为画，幻化千年遗史籍

孙氏嗣裔，亦武亦文，奔波入海登龙门

（郑立于并书）

题国保重点文物单位蒲城古戏台

戏台一面镜，帝王将相工农士商，皆登场表演

通史九千年，忠奸真伪廉贪功过，各反省评论

（邑人郑立于撰联并书）

代挚友贺九秩华诞老伯

青松翠竹，四代同堂庆九秩
黄徽白猿，五方联席贺百龄

题苏炳树先生著述《人生岁月》

万里征程独记得三竹岁月
大千世界永难忘万味人生

题苍南县仙居舞台

舞台禹水，可容天地间山川雷雨情史，言名士摆张，万般变幻
剧目非长，能演中西域今古假真故事，由史家研究，千载难闻

题瑞安市岛屿宝林寺并出下联

仰着慧日，百中天，同闻觉路
普渡众生，越苦海，共济慈航

矾山镇昌禅文君阁山门联

猛虎踞险峰，崇阁高台驼独驮
神龙翔宝地，黎民雅士凤双飞

苍南县城桃湖村张氏宗祠大殿

声箫鼓相闻，恭奉刘宗列祖，似鹅阵弯腰跪九叩，铭烈颂德
旌旗车望，引选亦子亦孙，为雄鹰展翅飞五详，喜耀龙门

题苍南县城桃湖郘宜新斋匾并撰下联

宜国宜家创伟业
新郘新制展鸿图

樊都昌禅文昌阁大门石柱联

黄虎踞险峰，崇周高台驼独驮

真龙翔宝地，黎民雅士凤双飞

（郑幻邨并书）

戏续莫言在瑞典受奖誉谢询之语句

莫言云：文学和科学相比较，的确是没有什么用度，但文学的最大用处，也许就是它没有用处

巫意曰：文坛与学苑互融合，诚然度未曾没啥排场，况文坛的极奇排场，毕竟乃属其未曾排场

（八十老翁戏续作家莫言语句）

故国人文

题二〇〇七年全国汽车超级短道拉力赛苍南主赛场

苍龙蟠圣地，八面山边，人如潮涌，声同雷动，高手商民豪迈参赛事
南国逞雄姿，三江堤岸，楼厦成林，车辆若鸿，经贸体育胜负显擂台

自怡夫子期颐寿庆

得老子之虚静，得释迦之圆融，综二圣妙理，臻兹上寿
还右军以灵和，还大令以奇纵，近百年草书，别是一家

（与萧耘春同窗共撰）

空海大师入唐暨福建新腾寺开山一千零五十周年纪念

空间无界，古今佛国存经籍
海域有垠，中日友邦结宿缘

（郑立于并书）

赠魏桥先生

为人尚俭让恭，祖述勺庭一脉，默深一派，襟怀淡泊堪矜式
治史求真善美，阐拓浙东学术，笃实学风，志乘峥嵘称大家

（魏桥先生原任中国地方志学会副会长，编审，曾出版著述书籍多种。郑幻邨书）

赠寓美华侨黄忠国、潘美琴贤伉俪

秉忠心，德仰古今为故国

崇美学，艺融中外献奇珍

（郑立于并书）

北京二〇〇八年世界奥运会

奥运燃圣火，圣火如金星降世，千山映红天宇
北京传捷报，捷报犹天马行空，万众欢腾撼地球

题乐清市志评稿会

几经浩劫，秉笔直书今古事
再描辉煌，开怀畅叙邑乡情

题孔黎青、孔庆杭父子合著《命运两代人》

跨越樊篱，归依真理，素衷昭日月，丁阳九异乡梦断
泐铭圣地，片羽尘寰，存殁无憾怆，逢良时楮墨心传

（与陈镇波学兄合撰，萧耘春书）

题翁宗巧、翁恩义父子之集团公司大厅联

翰墨传家，留馨梓里
名牌出国，饮誉欧盟

（郑幻邨书）

言志楼新春联

布谷又啭鸣，故国凯歌传四海
迎春更开放，华人足迹遍九州

（郑立于并书）

瑞安县文学艺术联合会成立纪念

玉成桃李，书院万代，承先启后
海涌波涛，艺苑百家，驾雾腾云

（甲子秋郑立于书于横阳言志楼）

贺学棣、许子岳创立苍岳电器荣获中国驰名商标

立足三江，驰名全国
凝神九鼎，走向寰球

（郑立于并书）

对清末章草大家王荣年先生联

土壤沃饶风俗好
人缘协契寿康年

（清末永嘉王荣年先生有许多残存墨迹，他是有名诗人，又善于联语，工章草，此联原是他亲自撰书。现仅存上联，因补对下联，并由章草名家萧耘春补书展出、收藏。）

鳌江小学建校一百周年纪念

鳌小百龄，正桃红李白，花繁果硕
佳宾一笑，看大江月满，东海潮高

（萧耘春书）

中秋节题赠台湾老友

任是天涯海角，际此月明千里共
依然汐落潮生，从今峡填万心同

题安达集团公司鱼货达高标

安业古鳌头，三雁情牵千里梦
达标新世界，五洲鱼传万家欢

（郑立于并书）

赠刘德吾、张鹤矾贤伉俪

德素旧章，文藻清奇追白鹤
吾南新秀，心灵皎洁胜明矾

（郑立于并书）

题安达园林鱼轩、水榭门联（两副）

（一）

百鸟栖林惊梦绿

群鱼穿藻唼花红

（萧耘春书）

（二）

园深鸟梦花自静

池绿鱼游石亦奇

自怡夫子大寿贺联

灵椿逢百载，善书善化善心田。翰墨香飘海内外，敬祝延龄数秩

丹桂发千枝，从艺从文从经济。汗青光闪天宇中，期求建树几何

题江南孺桥头革命纪念馆

圣火破逆流，重温旧史

尚文兼崇武，共辟新天

（温从杰书。此联原为“盐乡燃圣火，古邑起硝烟，重温旧史；尚文为国具，崇武卫海防，共辟新天”。因悬于大门口，限于高度，压缩了字数）

题叶廷鹏烈士纪念馆

谦逊谨慎，自谓革命后来者

勇猛直前，人赞农民老大哥

苏元中医师九十华诞

凭三指，渡三灾，建三亭，名医承三代，良方治多少疑难病例

朝九凰，吸九气，臻九如，华诞庆九十，长寿超期颐康乐仙家

（郑立于并书）

游寿澄兄八秩华诞

正人丁正字，琢磨艺理，直至遐龄花益盛
硕德育硕才，怡淡心泉，眷怀期颐月更圆

（萧耘春书）

孔庆杭、陈惜芬学友八秩华诞

延世祉，事业文章皆上品
祝期颐，儿孙戚友再奉觞

（与萧耘春、黄丽容同贺，萧耘春书）

题翁宗巧学兄携门生举行画展

松鹤精神，云天意境
古今技艺，时代心声

（郑立于并书）

题姜玉铭学弟油画展

祖训师承，根深叶茂花繁盛
教坛艺苑，李白桃红果硕丰

（郑立于并书）

题郭远、苏兴华二君国画展

书道潜海，功夫在书外
画艺入神，灵性融画中

（郑立于并书）

赠董孔甫兄

一卷《林森火》，点燃万里从文路
八旬钻石婚，喜庆三才发迹家

（郑立于并书）

题横阳渔塘革命纪念馆

渔火忆乡情，江水一湾扫大海
凤山钟毓秀，晨星数点启春天

题某别墅

市井欢腾，鸟声鸣竹丛
园林怡静，蝶影舞花荫

题贤友书斋

月涌大江，秋雨春风岂闲度
星垂平野，文章事业莫轻抛

题闽南某商场

供千人所急，雪中送炭
销万户之需，锦上添花

自怡夫子大寿贺联

身历四朝，淡泊明志，兼参儒道释，不忌酒肉烟，期颐大寿禅中得
笔耕百载，研磨临池，专法王李孙，尤工草行楷，翰墨真功书外来

题菲律宾华侨寿域联（三副）

（一）
鸟国吟诗鸿鹄志
矾都著述故乡情
（二）
朔阳瞻塔影
午夜悟钟声
（三）
八面环山，三江人海
一源深厚，万里鹏程

赠友春联

春风春雨，春临大地
喜气喜风，喜至门楣

题武状元章梦飞祠

北疆决胜，声闻朝野。武状元归里知进退
南域缅怀，地竖旌幡。文章国修祠耀古今

（金盛华书）

陈敏、徐建华新婚

敏思捷构，夫唱妇随缘百载
华国文章，子承父业传千秋

（郑立于并书）

闽浙边界柳林两青年新婚

闽浙友情重，柳家山枫树万年合抱
夫妻恩爱深，林氏宅竹林百世长青

王雁、尤映霞新婚

雁翔天宇抒宏志
霞落绮园缔美缘

（郑立于并书）

叶瑞发、郑晨晨新婚

发志图强，红莲并蒂
晨兢夕厉，紫燕双飞

叶廷鹏烈士纪念馆联

雷鸣三大寮，摧击一笑楼，革命史诗诵百世

治伤六易家，谱歌九泉路，英雄业迹传千秋

（与董希华先生共撰）

题永嘉白水祖坟（两副）

（一）

崖上惠风飘白水

松间满月照先坟

（二）

宗风传海外

硕德遗人间

拜谒刘绍宽先生陵墓

地近学宫，俯听七弦古乐明伦儒典

陵依高塔，仰观九重云霄碧落诗篇

题北港凤林郑氏宗祠

凤林生雅士，文集竞翔遍四海

郑氏出荥阳，裔孙繁衍荣寰球

题萧家古渡郑氏宗祠

几世纪聚居耕读，长忆荥阳祖地

九大州创业工商，增辉通德名门

（郑立于并书）

题温州白水漈旁姜氏宗祠

姻契姜宗，根深叶茂，共振千秋大业

德昭白水，源远流长，联辉万代英才

（郑立于并书）

书浙闽边界王氏宗祠

辅国有先声，宋相元藩明督抚

传家无别业，唐诗晋字汉文章

题郑海啸、郑明德父女故居

中堂经风雨，尚残留志士誓言，刘公手迹
四境尽溪山，犹恍听杜鹃啼血，明德清歌

（抗日战争时期，刘英烈士曾为郑海啸堂兄郑志西撰题一副寿联。联曰：四世同堂，极尽天伦之乐；年届古稀，爱国犹不落后。）

题温州大罗山白水漈郑氏宗祠

山峰嵘岌竖高碑，遥志先贤圣德
水涤泫沄腾细浪，激扬后辈文风

（郑腾芳书）

代友撰浙闽边界黄氏某宗祠联

万脉会华宗，忆当年，山谷巨椽，黄香孝友
三江奔大海，看此日，浙闽经贸，南北人文

（萧耘春书）

大罗山麓郑氏宗祠

白水峥嵘，祖先创业昭天地
赤垟荟蔚，后辈接班谱史诗

（郑立于并书）

题浙闽边界郑氏宗祠联

祠亲青山数叠，松竹朝宗传盛事
门临绿水一湾，蛟龙顾祖展宏图

（郑幻邨书）

题南雁凤林郑氏宗祠

祠宇朝阳，横阳荣若荥阳地

凤林栖凤，雏凤清于老凤声

（郑立于并书）

题张培农烈士遗像

革命者无坚不摧，伟绩丰功垂史册
奠基人有志竞成，高风亮节映山河

（郑立于并书）

悼念张培农烈士夫人陈文英女士

浴凄雨，溯逆流，出生入死，关怀革命诸君，可谓贤妻表率
藏血衣，传遗志，苦节抚孤，教育年轻一代，堪称良母典型

（与内人黄丽容共挽）

敬挽方介堪先生

东瓯育名士。最难忘故宫残月、外滩暮霭、两泠愁雾、鹿城晚照、南北山川缩影，皆收进八十载淡泊心灵，无数里烟雨长屏。伟绩昭昭铭史籍
海内称大家。犹记取昌硕巧思、海粟神魂、叔孺诗情、大千画意、古今艺苑精华，尽融入三万方峥嵘金石，几万卷生绡巨制。篆书灿灿失师承

（方介堪先生系著名金石学家。受业林剑丹敬书）

敬挽苏步青先生

兴教著书八十载，功成也，伟绩镌碑铭，英名留青史
育才济世逾百龄，圆满矣，西湖印身影，南雁仰忠魂

（苏步青先生系著名数学家）

敬挽吴景荣先生

语言通中外，沥血育才，高足门生遍四海
学识贯古今，精心著述，深渊智慧映千秋

（吴景荣先生系英国语言文学专家、著名外文教育家，主编建国后第一部《汉英词典》《当代英文散文选读》等，译著有《英诗金库》，编著《英国文学发展史》等，晚年

主编《新时代汉英大词典》，其英名与业绩列入《世界名人录》1979 年剑桥版）

敬挽中医师钱叔棠先生

一生淡泊，诚意为民、耄耋高龄登宇宙
三指运筹，爱心济世、光莹医德遗人間

悼念老红军吴荣膺

少壮出征，满腔热血，悲烈传奇留史志
耄龄归宿，两袖清风，浩然正气遗人寰

（吴荣膺同志原为追随刘英烈士之老红军，与内人黄丽容同挽）

敬挽张鹏翼夫子

治学兼参儒道释，百年零数月，月圆寿考
临池效法王李孙，三万六千日，日丽功成

（与萧耘春同挽）

悼念原平阳县县长、县志顾问池欣昌先生

为官数十春秋，谦虚慎密，审时度势，身先士卒，奉公克己，犹记得山门烽火，宜山稻菽，万全风雨，县城曙色，其政绩刻碑，堪称廉洁
修志两千昼夜，协力同心，鉴古明今，辛劳耕耘，熟虑深思，最难忘斗室谈心，众议调和，海上订正，病床默读，奉志书入柩，聊慰英灵

悼念通如法师(通如法师工诗词联语)

解偈吟诗，尘界众生沾惠泽
修身养性，沙门诸士仰仁风

广慧禅寺振空长老圆寂

修身年九十，复兴广慧，从此利生行愿，宝筏迓迎游南海
化导徒三千，重振娑门，而今涅槃归真，慈云缥缈上西天

（与张和光、刘彦珍、刘彦鑫、翁宗巧、黄丽容同拜挽）

萧府伯母黄太孺人莲右

孺人苦节抚孤，凄风楚雨，耄龄入籍莲花园，启明世曲因缘秘
哲嗣卧冰侍上，冷月寒霜，盛治登临文笔峰，告慰天庭父母心

（黄太孺人系同学萧耘春慈母，她一生笃信佛教）

唐唯逸先生千古

唐公翰墨超群，众大师赞誉，赠与先父《松鹤延年》成绝笔
艺苑诗书兼备，独寒士遵循，留下遗篇《池塘沉月》见碑文

悼念名中医华心农先生

少辛远志，梗心营实，还魂马蹄千里及
天冬人退，龙骨当归，熟地淡竹万年青

（试用中药名，与黄丽容同挽）

悼念原浙闽边区中共鼎平县委书记郑衍宗同志

凤桐村里人才出兮，忆鹤顶山、柳家山、太姥山，山山洒血汗。同仇敌忾，推翻三座大山，斩棘披荆，改造旧时世界
黄浦江边灵骨归也，看荆州路、控江路、福州路，路路留踪迹。策马先驱，辟出一条新路，处心积虑，构思今日蓝图

悼念金萧支队楼奇渊勇士

金萧勇七归兮，遥忆义乌驱雾，四明夜月，战壕奇袭，江苏矢志，勇士入死出生大众
平邑乡亲赞耶，难忘鹤顶炊烟，古鳌行踪，陋室残灯，蓝图深情，后人振兴创业慰忠魂

（与黄丽容率子女郑冰天、郑霜枝、郑萍野、郑水园等同挽）

广福观信修道长羽化永志

古观重光，道德弘扬，广福宗风留史实
香烔飘渺，丹功继续，道长典范遗人寰

悼念郑伯永先生(两副)

(一)
雁荡黎明时，初见仪容，谈笑风生，兢兢业业凌云志
西湖暴雨后，重温遗著，情景乳融，字字行行报国心
(二)
宦海潮涨却薄官，苦旅沪杭，代笔为民有罪，葛岭怒呼失俊彦
文坛遭劫方归里，交加贫病，瘁身济世无穷，白溪暗泣吊忠魂

(郑伯永，曾任温州地委宣传部长，浙江省文联党组副书记兼秘书长，主编《东海》等，著有《我的舅妈》《飞云江上》等中长篇小说等多种)

西震法师圆寂纪念

弘扬佛法，护香林，修横海，建碧泉，兴山外，六十春秋不懈，尘界众生沾惠泽
坚持苦行，披布衲，食菜根，穿芒鞋，卧绳床，一生寒暑如常，沙门弟子仰高风

林诚镜道长羽化纪念

仰青牛护持玄门，炼丹内外，神针济世
乘白鹤优游仙界，布道西东，妙理悟人

(与游寿澄、蔡启东、杨宛田、俞以明、黄丽容同挽)

挽北雁荡山麓高成福先生

仁人克善其终，有幸雁山伴忠骨
德者必昌厥后，无边瓯海蕴才源

(与黄丽容率女儿郑霜枝等同挽)

悼郭承先君

坠地廿年离鲁省，参军南下，茹苦饮辛做公仆
结缘半世在矾都，骑鹤西游，品茗喝酒是仙人

王府曾太孺人莲右

数代同堂，求鲤卧冰弘孝道
三槐共脉，辟山跨国振华声

（与吴兰香、黄丽容同挽。孺人哲嗣王先成等学有所成，在南非从事巨大工程建设）

挽黄传垂先生

鹤顶遮愁云，故国矾都陨俊彦
燕头归香火，黄宗后辈接高风

（与内人黄丽容率男郑萍野、郑水园等同挽）

悼念程文光兄

故里茶亭有几澴缘水。从撑舫至执法，苦学力行，毕竟安然过宦海
穴居东麓望三面青山。由淞沪归横阳，品茗赏月，终于悠也上天堂

敬悼父亲大人郑春甫先生

矢志理财源，善珠算，精心算，减加乘除超电脑，六秩有缘享清福
终生务矾矿，做襄理，当经理，衣食住行若工人，耄年无疾上西天

（与郑立厚、郑立雪、郑立对同敬悼）

敬悼爱国民主人士黄涛先生

中岙奉亲割左股，至孝传家，扬声闽浙
霞关起义入铁窗，尽忠抗日，记事碑铭

（黄寿耀书）

母亲大人朱氏莲右

幼小承庭教，识药材，辨药性，常云世上最难治愈愚蠢、贪婪、懒惰诸疴，汝等当严防也

从未入孔门，知文理，爱文才，为建学堂献出陪嫁金银、玉石、珍宝众物，自言已无虑矣

岳母大人卢氏莲右

隐蔽过严关，延医疗义士，抗日救亡尽心力

从容对冤案，挨饿持家园，励精图强遗嘉声

敬挽母亲大人

母亲乘鹤去，欲见音容空有泪

不孝从杭归，盼聆教训杳无声

悼念庄琴先生

霞关起义入樊笼，梦里高歌，刑场未死

祖国复兴进晚境，醉中独醒，净土永生

（与张传富、吴荣地、陶大恭、张世界、杨子耕、黄丽容等同挽）

庄府郑太孺人仙逝纪念

相夫教子，方圆百里留矜式

爱国持家，谱志千年镌雅名

（与黄丽容同挽）

悼念台湾陈云枢先生

抗日救亡，除暴安民，军旅一生为故国

献资兴学，扶贫解困，家乡百世遗芳名

（代苍南县对台事务办公室撰）

悼念刘彦珍先生

矾都留足迹，重重叠叠，北调南腔皆学问
产品似珠玑，透透明明，甜来苦尽遗声名

翁府金太孺人莲右

耄耋得西归，念孺人温和慈爱，操贞俭朴，翁府雅风乡里羡
峥嵘观未来，看后者艺园春色，经济文章，高堂正气古来稀

挽杨奔兄(三副)

(一)
智能隐逸，勤能补拙，三更灯火五更鸡，自学成才称楷式
贫不争利，弱不争荣，两袖清风一袖稿，苦行卓节遗典型
(二)
闭目深思，如释氏参禅人定，精妙文中探索，常蕴三分悟性
开怀畅饮，若道家吐故纳新，饥寒路上奋争，亦凭几许玄风
(三)
忆往昔，文辞推敲上报章，撰编传记修新志，先生治学精神，一丝不苟
看如今，遗著清吟闻梓里，瞻仰墓门吊魄魂，后者尊师统系，百代长存

吴景荣夫人余太孺人莲右

寿终也，昭昭美德传乡里
人去兮，绰绰英灵得乐天

（与内人黄丽容率小儿郑水园共挽）

婶母沈太孺人莲右

白水长吟，盛赞勤劳俭约一生，高风亮节留尘世
赤垟披素，发扬和睦慈悲半辈，七魄三魂入沙门

悼念罗鸣皋姐夫

茫茫夜色，为追求真理，身受折磨。义士弘扬硕德，应刊史贞

淡淡晨曦，仍跋涉险道，志不迁移。后人延继遗风，告慰忠魂

挽郑立欲君

世代炼矾，唯君遍踄矿山垂危小洞，精研煅炉变幻高温，赤垟因而振兴，南来汽笛声声齐赞誉

中年执政，是汝深知难友惨淡苦情，改革窑厂机序为民，疴疾最终不治，西去溪流湍湍长哀鸣

挽金昭中君

回溯当年，夜短笺长，何时文了结，字字行行凝血泪

追怀往事，情深意切，此刻君安眠，声声句句泣幽魂

挽“东海”下放文化人汪如朗兄

东海刮狂风，携子孤舟抵邑，四十载茫茫圆残梦

西窗研元曲，撰笺满箧未刊，多少人默默念斯人

悼念林声松兄

俱往矣，世间滋味：酸香、苦辣、咸甜，任先生尝品

未来也，网上影形：得失、是非、功过，由后辈评论

（二〇〇七年清明前一日）

悼念黄瑞凎老友

县志方成，怎奈骑箕归去

新城未已，可堪化鹤回来

（与温简裕、杨奔、陈镇波、萧耘春、雷必贵、郑志兴、陈世兴、李盛廉、黄益举同挽）

挽杨玉台兄

爱边区，乐公益，八秩春秋传佳话

亲大众，为人师，一生廉洁遗高风

（与内人黄丽容共挽）

挽陈定清兄

九凰溅泪,能文能武人才永别横阳。莫谈往事,一碗香茗付流水
五凤悲歌,为国为民魂魄回归南港。欲探真情,三杯浊酒对清风

陈府黄太孺人春影老师千古

竟世耀慈辉,全邑朋俦称淑德
终生施教泽,满园桃李仰徽音

（与内人黄丽容同挽）

挽王良松兄

闻鸡来南国,古城一生呈异彩
乘鹤赴西方,乐苑双目放光明

（王良松兄晚年双目失明）

挽蔡公

以药材济世,艰辛半辈。而今业绩遗人间,千秋永在
凭道德为人,勤俭一生。从此英灵上天宇,万古长存

（蔡公乃蔡良骥君父亲,笃信基督教,终生务药业。蔡君系杭州大学教授,中国作家协会会员,有专著多种）

悼张瑞生君

无私探索,血战方殷,政坛晨露,铁窗月冷,荣辱皆随流水去
有意攀登,学光功竟,企界俊才,高阁灯明,是非任凭世人评

（张瑞生君在大学时学光学）

悼王一川君

生时执教申江,满腔热血献人民,桃李依依,宏篇卷卷
病危犹思古鳌,七尺身躯埋故土,恋情重重,赞语声声

挽王明兄

先生志尚，度势述评，西子湖滨沉寂留业迹
哲嗣学优，为民劬勤，横阳流域辉煌慰英灵

（与黄丽容率长子郑萍野同挽）

挽台湾郑龄华女士

高雄衷启电传，愁云飘两岸
古鳌放悲礼颂，淑德垂千秋

（郑龄华女士乃已故的台湾林新敷先生的夫人。此联与黄丽容同挽）

挽王汝亮君

此路彼路，路程遥远，坎坷曲折，君作艰辛跋涉，终究早进唯一人生必经之路，实为痛惜也
读书撰书，书海浩瀚，汹涌澎湃，人称困苦耕耘，尚能留下几何史志笃实之书，是亦荣幸耶

题河南新密市郑庄公陵墓前石碑坊联

德才兼备，忠孝兼全，先达功勋卓著。通史近三千年间，巨制篇章，光泽映华宗华厦
溱洧汇流，分支汇合，后昆繁衍长进。国人列二十三位，潜藏圣迹，真源惠郑族郑风

（郑立于并书）

题泰顺泗溪林公陵墓碑坊联

拒承伪命，尽忠持节
耕读传家，登第肇兴

题莫干山林海深处

竹径纵横，白雾染成绿锦

林丛经纬，红枫绕遍蓝天

（郑立于并书）

题观美镇双溪汇流之桥头巨崖

双水滲流，艳鲫寂声沉绿藻

一桥横卧，美人倒影映蓝天

（郑幻邨撰，郑腾芳书）

公元二〇一〇年苍南龙山道观东岳庙落成永志

庙镇雁头惠天下，风调雨顺，国华物阜

神尊东岳护黎民，族谐家和，人寿年年

（郑立于撰书，刘纪传献）

题苍南浦亭乡一佛寺

紫燕由天外飞来，剪断迷云开觉路

清泉从地心涌出，辨明因果证真宗

（郑立于撰，章少华书）

题五凤某寺

五凤从天河飞至，相聚庄严佛地

一泉由僧界奔流，滋润广袤茶乡

（郑立于沐手敬撰并书）

浙闽边界一书院联

重重书山恒举步

茫茫学海逆行舟

（郑立于撰书）

自题藏书言志楼

读书求彻语

治学探真源

题全国重点文物保护单位“江南第一家”

义薄云天，孝感大地，四海遥闻郑族无双例
九世同居，三朝旌表，五洲盛赞江南第一家

（郑立于敬撰并书于杭州）

题藻溪瑞应寺

竹筏作慈航，泉声伴经律，百里清溪遗圣迹
红木构殿堂，五佛放光芒，千年古刹仍原颜

（郑立于并书，章成农放献）

题苍南占家腰寺观音阁

紫竹绕红云，凌空隐现观音像
钟声伴经偈，尘镜成全戒定人

题山西某矿洞进口门联

福佑洞天采富矿
人和福地享太平

题横阳县北古寺

晨叩钟声，暮击鼓声，确奉清规铭戒志
讲究佛法，皈依僧法，坚持素履凛修箴

（郑立于敬书）

莒溪普照寺重建落成永志

自南雁徒莒溪，几经兴废，古院千载重现有缘地
从技师至处士，数度筹谋，塔影百寻常圆无住身

（郑立于敬撰并书）

题玉水寺圣门联

曲径龙蟠，碧水湖边进佛界

高山虎踞，白云洞里叩禅关

（郑立于敬撰并书）

题鳌江宝华亭

宝山蕴福，后嗣勤劳方享受
华夏育才，先贤硕德得传承

（郑立于并书）

题蒲门南坪革命纪念馆

张黄庄三杰士，白皮红心，巧使良谋营救章志中。急智大勇，缘启霞关起义，冤陷铁窗志不屈
鼎平泰众英豪，外攻内应，迅缴枪弹撤回鹤山顶。健儿侠女，身投抗日战争，威惊敌阵誉长存

（郑立于敬撰并书）

玉苍山法云寺观音阁联

玉瓶盛法雨，净化大千世界
苍宇聚祥云，广荫亿万众生

（郑立于撰，萧耘春书）

填补广乐开平华侨“得贤君”联

香烟现出平安宅
烛火生成富贵花

（温籍女作家张翎在长篇小说《金山》中，曾写到主人当年居住的“得贤居”二楼，案上摆着两个铜香炉，墙上凹处立着一尊观世音菩萨像，像一边悬着一副对联：“烛□生成□□花；□烟□出□安宅。”作者在《八秩老叟说张翎》（载《温州文学》杂志），曾试填补了此联，它与广东开平一带民谣“喜鹊喜，贺新年，阿爸金山去赚钱，赚得金银千万两，返来买房又买田”是吻合的）

题黄祥源君独创建石碑坊“玉腾毓秀”

大道康庄进竹薮，且眺望千寻瀑布，一轮眉月

前程锦绣出山环，犹难忘九曲清溪，双井潜龙

（郑立于撰联并书）

苍南流石村联（两副）

（一）

流传千古，大江浮巨石

延续万代，深水伏神龟

（二）

中流砥柱凭棱石

两岸同心传神龟

横阳东岳大殿联

放大毫光，维岳降神灵，气象千秋天下望

生乡智慧，率时来昭考，馨香百代泰山王

（砚都郑立于补书）

广慧禅寺联

广种福田仁者寿

慧开性海圣之情

（郑立于补书）

澄真寺大殿联

证富贵等浮云，知足乃人生乐事

真庄严祇佛国，无为得天地自然

（郑幻邨书）

敬赠福建佛心寺竺冰法师方家

竺典箴规，勤学笃行铭戒志

冰清玉洁，精进修持定禅心

（郑立于撰联并书）

闽南同安佛心寺扩建工程落成永志

莲花山胜境，古寺院圆满重开，依旧是碧水映红云，蓝天翔鹭
厦门岛琉璃，药师佛喜欢永住，恰犹为养生兼疗理，益寿延年

（郑立于并书）

浦江县“江南第一家”郑氏祠联

义风弥振，喜鼎食钟鸣，犹是三朝旧绪
祖泽连绵，看蛟腾凤起，伫膺奕叶新编

（郑立于补书）

厦门云顶岩寺石碑坊联

捍卫一方净土，觉仪抗日殉身遗圣迹
建标百丈丰碑，僧徒结缘奉佛谱新篇

（郑立于敬撰并书）

赠宽恒法师

宽徇圣典弘佛法
恒守清规渡众生

（幻邨并书）

郁达夫住过莫干山滴翠轩消夏社

田庄不古，交加风雨遥忆回归路
茅舍颇洋，错位情缘急招漂泊魂

（郑立于撰书）

为杭州湘湖风景区撰联（三副）

（一）
西子未眠，朦胧观夜景
湘湖初醒，跉踔赶秋潮
（二）

西湖湘湖，钱塘江作界分南北
吴国越国，独木舟为媒话古今
（三）
越王城麓，多情仕女探棠西施旧迹
湘湖湖滨，智略贾商寻访范蠡知音

（郑立于并书）

题莫干山怪石角

翠绿丛中通曲径
碧兰绝顶望长天

题四川绵阳钱王楼联（两副）

（一）
科技城中藏蜀宝，崛起绵阳，垂荣世界
钱王楼上读唐诗，传承远古，开创未来
（二）
时代变迁，刺史名扬全故国
因缘际会，宝成路嵌大明珠

（郑立于并书）

洪千里、叶拓新婚志喜

看红叶题诗，抚暖流拓爱，一对鸳鸯得贵子
探千寻书梅，越万里平原，百龄伉俪戏曾孙

（郑立于并书于西子湖畔）

矾都郑氏宗祠大殿联

分支于白水，先辈高才传硕德
繁衍在赤垟，后裔壮志鼓雄风

（郑立于并书，郑益望敬献）

矾都溪滨晨曦亭联

仙鹤归来，四周翠岚披佳景

峰岩点化，一脉碧波澄浊流

（郑幻邨并书）

题全国仙先生书著《路上拾遗》

七岁始发蒙，十载历寒窗，百月研文教，
千日坐冤牢，一路阳光亦坎坷

鳌江初试剑，苍南建新县，永嘉洒汗血，
飞云架彩霓，巨编专著显峥嵘

（郑立于并书）

赠厦门林志良君

志高意切，邀来罗汉镇山，不愧莲花义士
经卷观田，恭迎观音航海，堪称鹭岛忠良

（郑立于并书于厦门云顶岩麓言志楼）

题李锐夫先生故居

精研数学，李藩三角，风靡院校，名闻天下
洞察空间，后著双星，收观文宗，誉满人寰

（书赠李明团君）

题福建福鼎市龙井柘莲寺

柘叶喂蚕幻梦境，灭己利人，无量功德
莲华结籽沁辛心，参禅入定，永恒道行

（郑立于并书）

题矾山昌禅文昌阁

巴蜀来帝君，文德显灵承世运
昌禅建庙宇，玄机顿悟应天元

（郑立于敬撰并书）

壬辰新春新春联(两副)

(一)
玉兔欢腾奔月去
苍龙喜跃溯江来
(二)
五福梅开辞旧岁,苍南三十载
九宵龙跃迎新年,祖国又一春

贺范羽龙得子

喜迎龙年生贵子
更睦成立寻状元

(范叔略先生请余为长女郑范羽在龙年开春得子撰此联,由参与"温州书法家走进苍南莒溪"的书法家书写)

题棋王谢侠逊棋院

棋竞称王,一卒一兵抚祖国,一苑遗存传万代
公原仰德,百战百胜震寰球,百龄高手辉千秋

(由书法家谢云授意郑立于敬撰并书)

题吴惠医师乔迁华府大厦

橘井显神灵,普赐世人寿似鹤
祥云绕大厦,俯观湖畔杏成林

(郑幻邨撰,萧耘春书)

题苍南县城新建一寺

前望苍山,祥晖映下界
后依东海,宝筏往西方

北港东屿郑氏宗祠门联

浮尖山紫气东来,永驻三多地

郑公里遗风远播，长存百世祠

（郑立于撰联，郑昌儒敬书）

苍南县泸山小学八秩华诞永志

牛能负重，驮中西文化兢荣，千年史籍遗踪迹
山不在高，植桃李乐园争艳，八秩华诞返青春

（郑立于并书）

赠温兴华君

心表故国，壮丽山川进画本
手植幼苗，玄虚美学映教坛

（郑立于并书）

题王同青等五君西湖书画展

野士何来胆识，敢在西湖书画展
高人所持言论，全凭世界遗产颁

（郑立于并书于杭州）

赠玉苍道观信祈道长

信受奉行，治学互融儒道释
祈禳恩典，让民共享福寿康

（郑立于并书于杭州）

题郑宗用国画、郑鹏高书法联展

法翰墨缘，立中兴志
杨郑文化，抒爱国情

敬奉苏渊雷、苏春生乔梓书画联展

国学大师，欣受天功，翰墨峥嵘蕴哲理
艺坛俊秀，恭承父志，丹青灿烂溢诗情

（郑立于撰书于钱塘江畔）

赠太姥山一片瓦禅寺铜殿

片瓦挡风喻俗世
专心念佛上西天

（郑立于撰书）

赠陈相巨贤友

神龟显威力，背上驮楼阁亭台，各就各位
流石逞英豪，手中造人文山水，宜国宜家

（郑立于并书）

题赠李晖华先生

浴晖光，如煦旭，尚德崇文奉梓里
观华誉，似浮云，育才重艺为国家

（郑立于撰书）

题温瑞绵先生自选诗文集

私淑多年，耕读半生，自学成材堪矜式
儒释到参，诗文兼秀，刊行结集表心声

赠一片瓦禅寺住持题静法师

题咏千张笺，名山独特景观遗圣迹
静修一片瓦，太姥辉煌文化溯真源

（郑立于敬撰并书）

题杨君乃琦著述《人文古镇话芦浦》首发式

东海岸潮高，千年古镇新书庆首发
产业城民壮，万众丹心宏愿祈功成

（刘晓骅、郑立于同贺）

题太姥山一片瓦禅寺

片瓦度人万万众
铜殿奉佛千千年

（郑立于并书）

题黄庆澄先生故居

举人研治西方文化，创纂学报刊越前列
智者弘扬中国精华，撰应时著述传后人

（书赠蒋久寿君）

苍南县历史文化研究会成立永志

史学逢春开盛会，大众求真，吐翠献策
苍南应运展鸿图，西山花满，东海潮高

（郑立于并书于鹭江）

五凤李氏宗祠联

五凤引先祖，开基创业，境内田园遗统系
三经泽后昆，崇德尚文，族中俊彦遍寰球

（郑立于并书）

北港水头郑氏宗祠大殿联

字瞻南雁荡，三教交融同济世，千年文化荫宗族
源出荥阳郡，九祠汇合共奉先，百代德施树典型

（郑立于并书）

赠杭州郑竹三先生

彻悟释道儒，说地谈天皆妙理
精研文史画，论诗评绘尽真功

（郑立于并书于钱塘江畔水岸帝景言志楼）

益谦史七秩华诞暨《我的回忆记录》刊行

跋履行程万里，继承先辈志
运筹实业数家，聊表故乡情

（郑立于并书）

赠王文标贤友方家

初游宦海，未谙福祸伏依律
晚上钓矶，始悟天人协契经

（郑立于书于钱塘江畔）

程作树仁兄七秩华诞永志

祖居凤山麓，七弦颂德，亦文亦武，先生失志兴鸿业
远望文笔峰，数代崇儒，宜国宜家，后辈游踪布地球

（郑立于并书）

苍南县城东仓村旗杆

龙腾虎跃
鸾翔凤集

（郑立于题）

深切悼念马骅先生

忆往昔，西湖论诗赋，谈笑风生；南岳观日出，感叹景隐；八桂念故人，老泪纵横；六榕研佛理，风云变幻。及当初，几十年，仪相心灵印万众
看如今，东瓯览文艺，色彩缤纷；北国映福星，天人和协；三殿呈著述，宏篇卷卷；九泉见红榜，赞语声声。猛回首，一世纪，文章道德遗千秋

（温端政、章志诚、郑立于同挽）

黄忠盘仁兄八秩华诞

庆八秩华诞，一生有幸
祈百龄期颐，五世其昌

（郑立于、黄丽容同贺，幻邨书）

翁宗巧学长八旬画展

花好月圆，家和人寿
艺精笔老，意邃品高

（郑立于撰联，萧耘春书）

赠郑祖育君

橘井为民摒疾病
诗坛撰集抒情怀。

赠铁凝、华生贤伉俪联

铁心凝精品，文苑花繁，扎根国土
华大生高才，教坛果硕，饮誉天涯

谢振翼仁史八秩华诞

振翼翔华逾八秩
修身养性越期颐

（与苏世敏共贺）

简盛协仁史千古

先辈平生艰苦，硕德高才留尘世
后昆继续长进，能文能武创新天

题黄益谦仕兄新著《我的故乡》

翠竹丛中，大履置电梯，南雁荡山添一景
丹枫桥圈，黄君刊新著，青街风物遗千秋

（郑立于并书）

题玉苍山侧唐氏宗祠

以国名为氏，远古陶唐尊祖德

依山曲而居，当今俊秀接高风

红军香表嫂上人莲右

昔日入樊笼，幸有贤人拯救，成就红军添战士
如今登碧庙，无须智者导航，终于佛国幻莲花

（与内人黄丽容共挽）

赠董孔甫兄

一卷林森火，点燃万里从文路
八秩钻石婚，喜庆三才发迹家

张传富伯父大人千古

蒲区明志，霞关起义，潜伏闽台避浩劫
重返鼎平，县邑奋斗，历经耄耋遗高名

（郑立于、黄丽容共挽）

铁凝嵌名联

铁杆磨针，一代作家烽火炼
春风化雨，千回小说血汗凝

（郑立于撰并书）

林征千先生旧居瑞发居联

居闻宋韵来林坳
门绕祥云望远山

（郑立于撰，黄寿耀书。此居在苍南县繁枝乡下村，就在南宋爱国诗人林景熙故里林坳范围内。前有望州山，旁有繁枝小学，后有巨崖古树，风景秀丽）

挽王汝塔君

平生若斗，遍布矿山遗踪迹
耋期荣归，长存美德惠子孙

（郑立于、黄丽容同挽）

题诗集《返回之梦》

梦得返回非假象
诗能幻化见真情

二姐上人千古

一辈为人，心身如皎月
百龄谢世，魂魄上西天

（郑行泉、郑立于共挽）

喜读黄荣波新著

全心从事政坛，亦学会颂政词赋
半辈耕耘法苑，竟收成践法鸿泥

（郑立于撰联并书）

题鹤顶山东麓游氏宗祠圆满落成永志

礼义传家，游郑两宗原共脉
仁和处世，嗣裔万户溯同源

（世界郑氏联谊中心、苍南联络站敬献，郑立于并书）

题苍南县城谢氏宗祠

池塘春草先行者，奇句千年解读
宝树东山再起人，鸿图百代张扬

（郑立于并书，谢尚柱、谢尚梁敬献）

赠张延镜君

自然永驻，日煦风和，天惠延年益寿
世事变幻，镜花水月，人祈国泰民安

题灵溪镇文学艺术界联合会

百花齐放，百鸟争鸣，文圃繁荣呈美景
三本悬心，三江过境，灵溪富治展鸿图

题富春龙门孙氏宗谱

富春山水，如诗如画，幻化千年遗史籍
孙氏苗裔，亦武亦文，奔波四海登龙门

（郑立于应富春龙门丁家孙氏宗谱主纂孙平之约请而撰写，孙先生系北大国史系高材生，副研究员，主编《淳安县志》，并有专著多种）

题朱为碧君《晚晴集》

书画喜丰收，中年奋力未为晚
精神盈满载，薄暮悠闲始放晴

（郑立于并书于西子湖畔）

题谢氏宗祠

宝树堂文德武功，根深繁茂
谢望族承先启后，祀祖敬宗

龙港郑氏宗祠重修落成永志

源始荥阳，绿水环祠归大海
支繁龙港，后昆通德衍全才

（郑立于并书）

题郑继善、郑锡璋父子合著《野草小花集》

先生遗篇，雨过天晴野草茁
后生发志，春回地暖小花繁

（郑立于并书）

杭城魏砚家、李楠新婚志喜

魏李喜中缘，百年皆老
家楠天下士，五世其昌

（郑立于文选）

题浙南一位不顾霞名的中年作家之书斋

悠闲把酒，凭栏观赏池中月
勤奋读书，秉笔耕耘世外园

赠林子周、陈剑秋贤伉俪

子午联姻，同研民俗，恒持平生磨一剑
周环逢禧，共庆银婚，殷祈专著映千秋

（郑立于、黄丽容同贺，幻邨书）

赠玉水寺证悟法师

证风缘，精舍中兴玉水
悟佛法，慈航普渡众生

（郑立于撰并书）

赠郑昌黎宗彦方家

充海阔天空之量
养先忧后乐之心

（明代任环联句，郑立于书）

赤溪南行刘氏宗祠重修落成永志

鹤顶云环观列祖，难忘旧德
海中浪激浴群生，共树新风

（郑立于撰书，刘德川敬献）

吴府朱太孺人爱莲表姐莲右

黑夜追求真理，高风亮节遗尘世
耋龄笃信佛经，净土闻钟入乐园

（郑立于、黄丽容率女儿郑冰天、郑霜枝、儿子郑萍野、郑水园敬挽）

浙闽边界桥墩门新村郑氏宗祠

南枕龟蛇相会地
北眺巍峨玉苍山

（郑汝璋撰联、郑立于补书）

沉痛悼念王思翔（张禹）先生

写进步书，是“叛逆者”；走左边路，是“极右派”。百卷诗论难以诉冤案
恰清明时，见出头日；耋耇老龄，作南柯梦。数行挽句岂能慰忠魂

（与萧耘春、杨道敏、简少薇、陈革新同挽）

宗巧学兄千古

子规啼血，多产画家登碧落
凤翥闪光，传神佳作遗尘寰

（萧耘春、郑立于、黄丽容同挽）

挽池方清君

六十春秋，舲舫隐隐漂宦海
两千朔望，魂魄悠悠上昊天

（郑立于、苏世敏、黄丽容、张祖芬同挽）

东括郑氏宗祠旧联

系出荥阳，源流长远
门承通德，诗礼涵濡

（郑汝璋撰、郑立于重书）

赠信勇君

信人临学海，戒骄戒躁
勇士上战场，不屈不挠

赠朱善贤君

足踏高峰低愫硐
身临小舍大观园

杨府邓太孺人莲右

杜鹃啼血，痛惜断轮老母辞尘世
雏鸟鸣声，殷盼圣果灵魂上昊天

（代林森森、黄志林、郑萍野撰联）

深切悼念吴明允先生

一生为梦幻，沉思左走，却被扭成“极右派”
自古逢源难左右
百岁得神游，执意飞升，奈何造化微鸢
而今赏景任飞翔

（癸巳春节，从徐州拟赴扬州，在南京遇大雪。遂与徐行教授通电话，他说在苍南龙港为岳父吴明允先生办丧事。吴明允先生系我岳父黄涛先生的少年同学。吴先生一生坎坷，曾赴延安，晚景尚佳。因此我在火车上撰一挽联，遥寄吴宅南方吴宅。）

陈玉鳞医师九秩大庆永志

橘井人欢，济世为民增福寿
杏林春满，承恩及已得康宁

（郑立于敬撰并书）

浙闽边界山水圣宫大门联

玉苍延脉分八面，山水结缘，同楼仙境
东海舒怀汇三江，人文荟萃，共描鸿图

（郑立于撰联，陈南春敬书，曾云贤谨献）

温州市太极拳互动协会成立永言志

太极蕴藏万象
拳功延续千年

（郑立于撰书于西子湖畔言志楼）

深切怀念贤妻良母黄丽容女士

世事似浮云，变化无穷，喜贤妻脱凡尘入仙境，
悠闲度日，展眉盼望雨顺风调
人生如幻梦，深沉莫测，看愚者著诗文挥笔墨，
忙碌经年，屈膝祈求国泰民安

黄文俊、毛菁新婚志喜

俊才配淑女，三生有幸良缘缔
青翠映绚文，五世其易美德传

祝贺平阳县地方志学成立

秉笔直书古今事，汇集资源，拓宽远景
舒心畅叙腆乡情，继承传统，再辟鸿图

题藻溪白云讲寺圣门

龙象竹空明佛旨
白云出岫悟禅机

（郑立于并书）

贾府孔玉秋老孺人千古

早岁佚夫君，苦节抚孤，终使儿孙绕膝下

耋岭登碧落，欢心巡锡，喜迎业渍远江东

（郑立于率子女冰天、霜枝、萍野、水园同境）

郑府陈月娥太孺人百龄辞世子孙满堂，堪称哀荣

勤劳一辈子，晚景似神堂，后嗣高才遍四海

福寿双齐全，继贤兼文武，基因优质得千年

（郑立于率后裔郑冰天、郑霜枝、郑萍野、郑水园，钱昭鉴是郑明楠慈母，郑明楠系高级造桥师，温州市经营协会会长，原温州市副秘书长）

题陈百弓、谢婉烈士纪念亭

一对夫妻双烈士

四环松竹万年青

（郑立于并书）

贾府孔孺人玉秋千古

早岁佚夫君，若筛撰孤，终结宽孙绕腾下

耋龄登碧落，欢心巡锡，喜闻事业达江东

幻郜率子女郑冰天、郑霜枝、郑萍野、郑水园共挽

题平阳县萧江古渡山上大鼓庙

红日悬中天，击鼓惩贪扬正气

春风抚大地，放歌颂德树雄风

（郑立于并书）

第二编

郑立于创作年谱纪略

郑立于文学创作年谱纪略

郑立于，字幻邨，笔名朱邨，田人等，浙江省温州市苍南县矾山镇人。祖籍荥阳郡，后南迁至福建长乐，复辗转至乐清，旋移居永嘉白水（现属温州龙湾区），最后徙居矾山，历二千八百余年。

据《重修浙江通志稿》载："平阳矾矿传肇于明代，有永嘉人郑朱二姓避难于此，叠石为灶，石受烧烙，偶因泼水其上，见结晶体出露。疑之，继复烙他石试是皆然，出语诸人，知为明矾。乃从事制炼，销售遐迩，因以获利。其后业此者日众，明矾遂销售于各地……"因此，矾山郑氏先辈无疑是将矾矿进行开采、制炼、销售海内外的明矾业最早创业者之一。

谱主系中国作家协会会员，著有《郑立于文选》八大卷，包括报告文学、散文、小说、戏曲、随笔、传记、各类诗歌、楹联等，共 260 余万字，由浙江工商大学出版社出版。主编的《平阳县志》有 152 万字，由汉语大词典出版社出版，被评为浙江省地方志优秀成果二等奖。此乃县志编纂委员会和全体修志人员、各承编单位及全体采编人员的劳动成果。光荣应属于这个数百人的修志团队和全县人民。

公元 1930 年农历 8 月 15 日未时（中秋节），谱主出生于平阳县矾山区矾山乡西坑村（现属苍南县矾山镇）。

西坑村就在矾矿最大的一座名叫鸡笼山的矿山的北坡中部，山顶岩石重叠，满山树木茂盛，村子就夹在两条幽深的溪流中间。村中有十几幢房子，大多数是平屋，也有小楼阁，两条溪流的外边都有山岗，岗上也有不少房屋。西坑村基本上是郑氏的聚居地，其中也有少数姓朱的、姓林的、姓罗的人家，人家和睦相处，宛如一家人。

谱主出生的房子叫尾座厝，就是双溪夹流的最下面一座房子，房屋以西有一个坡地，植有高大的古木，其中有一株楠木，挺高大威武的。就在满是树木的山坡下，有一口大水井，井水冬暖夏凉，在矾窑高温里操作的工人，都要喝这个井的水，被称为西坑圣水。西坑村村民向来从事矾业，涉及采矿、炼矿、销售、理财及其他多个领域，人才辈出，卓有成就。一部矾都开发建设史，凝结着郑氏先辈及后裔之血汗。

1937 年 1 月，我到石宫小学读书。早饭后，母亲煎了两个蛋包给我吃，还多摘了一根葱，夹在书里，放到书包里，意味着“读书聪明”。

其实，这时的石宫小学已经从辊山小学改为矾山中心小学了。可是石宫学堂一直延用到现在。因为石宫后面的崖壁间长出一巴蕉扇形的岩石，扇叶斜垂，岩底可避风雨。于是人们就在岩下供上香炉，燃了香，供奉明矾始祖窑主爷。不知多少年以后，人们又在前面建了六楹五间的简陋宫殿，在中间的神座上塑了窑主爷的神像。我上小学时，神像的前面挂了国旗和党旗，当中挂了孙中山先生的像，两方挂着“革命尚未成功，同志仍须努力”的联句，待到祭祀窑主爷时，前面才掀开了一大洞，让祭拜的人能看见窑主爷的像。后来宫殿的前面左右厢又盖了二楼，正前面又盖了二楼，多了五间房，中间楼上用作办公室，楼下成为通道，正门就开前面。

读小学时，有下列几件事给我留下深刻的印象：

校长朱善碑在周会时，讲述“七七”事变，慷慨激昂，催人泪下。

教师陈正鹤走上抗日前线时剪下头发交给母亲，以示抗日救国的决心。

朱善醉被警察抓去严刑拷打时，全校师生罢课，上街游行，掀起全矾山罢工、罢市运动。

上小学五年级时，我被选为学生会主席。

读高小时就利用寒暑假跟老师学《桃花源记》《陈情表》《祭妹文》《琵琶行》以及《唐诗三百首》等。

1936 年

父亲向城发内同族一户当耒房屋三间，后来这一户赎不回来，就买断了，包括一间猪栏一处厕所。我父亲将全家搬上去，城发内这个建筑群，约有四十多间房子，有三个大天井，前面有三个门台，石门台上有“朐山旧望”四字，大门两边石柱上镌着“几叠好山野树外，一弯流水小桥西”的联语。父亲原名郑礼秋，字春甫，世称老春先生，曾任矾窑经理、襄理、总经理，但资金不多，征得内人朱氏同意，将其陪嫁的首饰，包括八九枚金戒指、一双金手镯和二百多银元以及两大柜的土布、苧布等全部献出。母亲朱氏，虽不识字，但颇明事理，与人为善，献出陪嫁时所有金饰银元，布料就是一例。见到中药材，她虽写不出药名，但知道药性，能治什么病，要怎么煎。这是后来修志时，查阅档案馆关于教育方面的档案才发现的。

1942—1943 年

这一年快放寒假的一天，我从石宫学校经苦竹湾回家，到西坑水井旁的岭上脚时，看见母亲被乡公所的几个人推搡往下走，其中有个保长我是熟悉的，说我家欠捐不交，要把母亲扣押起来。我据理力争，无效。回到家中气愤地写了一首五言绝句："山中虎豹多，白日闹风波，舌短难诉说，悲愤落野歌。"当时读初中时，曾在"雁行"墙报上写了一些作品，但都未留下稿子，只有这首小诗还镌在心中，永远不会磨灭。

1943 年考上王阳中学。

眼见平中后院的凤山之麓建起刘公祠。感受颇深，后来有专文刊发。

参与鸣蒲学友会，记得在平阳东门山的壇寺东侧五枫亭为背景撕一张团体照。是瓯海中学邱家辉等学友筹划的。

在校刊上、墙报上刊发一些以抗日主题的短文、小诗。

一天夜里，凤山上突闻枪声，全校教师、员工与寄宿生恐慌万状，集中在教学楼前！这时也寄了一篇短文。是日寇侵犯，还是红军过境，或是平阳学生一时失火，大家都拿不出主意。

1944—1948 年

日寇将侵犯平阳，校当局决定暂时迁校至桥墩门，次年仍迁回原校。不久，日寇过境，桥墩遭火烧、抢劫，平中与坡南也惨遭破坏。当时情景记忆犹深，直到近年对桥墩进行修志，才把当时情况写了一篇文章交去。

在平中，语文教师宋之镛、张鹏翼，给我留下较为良好的印象。宋先生古今并重，分析文章着重理性与形象，对作文很有启发。张先生只教古文，不教今文，今文让你自学。有时还发一些古文讲义。他说学诗，读熟杜甫一家的诗就够了。学历史，一部史记也就够了。宋先生当时是很推崇朱自清的散文，对我们文学创作有不少影响。我当县志主编时，原拟聘请他从上海回平阳修志，因他年事已高，没有来成。张真园、杨梯、朱君爽、张鹏翼的书法对我受益非浅。当时藏了他们一些墨宝。音乐教师谢印心、邹伯宗，美术教师薛适楼，地理教师王祥地，化学物理教师章涛都是很好的教师。

1945 年 8 月，抗日战争胜利，我撰文《睡狮醒来了》，已佚。

1946 年 8 月，考入瑞安高中，瑞安高中在瑞安县前头卓公祠。瑞安尚文，我常到玉海楼与仲容文化馆借阅书籍，欣赏瑞安各处的楹联书画。国文教师常将唱和的诗词，油印后贴在礼堂的墙壁上，让大家谈论。我也鼓起勇气将习作的五言律诗《山居》求教于林建庵先生，他看了斜着脖子点点头："不错，不错，这其中'屋破知明月，床寒识朔风'最有诗意，开了诗眼，也是一对好对子。"

瑞安大街小巷，有许多旧书店、裱字店兼售古董货，我常去逛逛，也是一些廉价的字画古董。如今言志楼中还存有上海春明书店发行的《诗韵集成》等以及庚申冬月醉石氏制作的陶瓷制品一墨水壶。

《忆金嵘轩先生长瑞中》七律诗也在此时形成。在瑞安郊区远足时，到西门外山凹里的滴水崖，很自然地在脑海里涌现了"滴水崖头崖滴水，飞云渡口渡飞云"的联句。瑞安这座古城为我走上文学创作打下了初步基础。

1949 年

农历十月初三，与黄丽容女士在矾山矿区西坑村结婚，《浙南大众报》第 4 版刊登结婚启事，结婚典礼是新式的，证婚人郑友直，介绍人陈百舟（陈百弓烈士的胞兄），双方家长郑春甫、黄涛和新郎新娘先后都讲了话。结婚五十周年时，金婚庆典分别在苍南县城和矾山举行，结婚六十周年时，钻石婚庆典在矾山井巷大酒店举行，当年健在的有关人士和女宾庄耀华、张彩明都参加了。

黄涛在矾山中岙的住宅曾是鼎平县委的地下联络点，其夫人卢燕雪是地下党的联络员，冒着生命危险，救治受伤的陈百弓同志。黄涛曾参与霞关起义，被捕后经受万般苦难。霞关起义纪念亭有碑记叙其起义经过。南坪革命纪念馆悬联赞颂张传卓、黄涛、庄琴三杰士参与霞关起义，联曰："张、黄、庄三杰士，白皮红心，巧使良谋营救章志中。急智大勇，缘启霞关起义，冤陷铁窗志不屈；鼎平泰众英豪，外攻内应，迅缴枪弹撤回鹤山顶。健宽侠女，身投抗日战争，威惊敌阵誉长存。"亦有联赞卢燕雪："隐蔽过严关，延医疗义士，抗日极亡尽心力；从容对冤案，挨饿持家园，图强精励遗嘉声。"

1950 年

2 月，任平阳县矾山区文教辅导员兼区中心小学校长。全面抓全区的文教工作，重点抓区中心小学在高岚山的筹建新校舍工作，直至基本完成。其间还招收二届约一百余人的附设中学班。在写作上有下列数点还记得清楚。撰写《矾山的浮钟》，刊于《浙南大众报》文艺副刊。

搜集大量有关明矾的传说和明矾开采、制炼、销售等诸方面的材料。

根据这些素材和查阅史料，撰写了有关明矾开发历史及开采状况的几篇文章，刊于《浙南日报》文艺副刊和《温州日报》副刊。

以上这些工作，都为以后出版的《祖国的矾都》（浙江人民出版社出版）做了充分的准备。

撰写《为筹建中心小学新校长告矾山各界人民书》，广为张贴、分发，并在矾矿电台广播。关于矾山新校舍地址上迁移坟墓葬的通告，后由我起草，经卓鸣鸾先生修改定稿。

1957 年

“三三一”地质队查阅有关矾矿勘察情况，当时这些资料不让外传，幸好有关领导支持，准予抄录。当时没有复印机，全靠手抄，且资料庞大，只能择其重要的予以抄录，中午没休息，只吃几个面包，喝一些白开水充饥。

编著矾都这本书，在做好本职工作的前提下，夜以继日地写作。是年被评为县先进工作者并参加省先进工作者代表会。

同年写成的《睁眼瞎诉苦》于次年 5 月，刊于《浙江工农教育》。

1957 年，十多万字的《祖国的矾都》书稿基本完成，遂认真抄写一套发浙江人民出版社出版。当时我的书稿写作起步不久，出版社没有一个熟人，对书稿能否出版不抱任何希望。三个月后，即接到出版社来信。来信十分肯定书稿的整体结构，认为内容丰富，文字也流畅。出版社领导认为补充修改后可以考虑出版。因此责任编辑钟友三先生，认真地看了全部书稿，并逐章逐页都提了意见，而且用字条写清楚，附贴在稿子一边。有些还需要讨论的也注明，还对某些章节应配上什么照片或插图的也提了初步设想。接到信后，我既高兴又担心，当时我在筹备平阳出版社，完成本职工作已很吃力，哪有时间修改书稿，于是，只好在夜里开夜事，持续干到天亮。

在钟友三先生提的意见中，关于矾矿工人运动牵涉到林辉山、郑衍宗等同志的部分章节有些疑问，我只好去信请有关同志帮助，这些同志当时很忙，直到一两个月后才接到回信，解决了难题。于是，又将修改过的书稿寄还出版社。

1958 年，我与另外两位同志所编的民歌集，由东海文艺出版社出版。

在筹备平阳出版社时，在县委的主持下编写了《平阳在跃进》一书，由浙江人民出版社出版。

1959 年，由自己的话写自己的事——《工农群众对“工农发明家的故事”、“农村应用文”、“革命斗争故事”三套丛书的意见》刊于《浙江出版通讯》。

1958 年初，浙江人民出版社钟友三先生到平阳山城来现场编稿。大约只过半个月左右，钟先生将编过的稿带回杭州，临行时，他对我说："我们出版社都是向作家、文者收稿，没有一个自投稿，你是第一个自投稿录用的，我能到这个山城来与你见面，也真是一种缘份。"这部稿的书名也颇费一些功夫，我原先的书名为《中国的矾都》，也有人建议用《世界的矾都》或《矾都与明矾》。《矾山与明矾》一名，好像是本科技书。较多的同志与领导认为如要冠上世界头衔，应该要得到世界教科文组织的认可才行，最后钟友三先生与我商定为《祖国的矾都》。次年，该书修订再版，被评"浙江建设新面貌"丛书的标兵书。

是年，在浙江《俱乐部》文艺期刊上(第二十期)登百鸟争鸣组诗二首，这是为学习、追赶郭沫若先生在《人民时报》副刊的百花齐放而写的。一位姓楼的编辑给我来信稿，肯定我勇于追赶郭老的精神与个人才华。鼓励我也要写百首的百鸟争鸣。后来我又写了若干首刊于报刊。写到七十余首时，将诗稿寄到中国科学院郭沫若先生审阅，不巧郭老出国去，科学院办公厅为郭老回了信，谈了百鸟诗特点和对我的成就的肯定，鼓励我写满一百首时再寄去。

1959 年

"文化大革命"后避难于福建福鼎时，接到浙江日报文艺副刊主编刘耀林先生的来信，来信中附来了散文《柳家山的合抱枫》的清样。信中说："这篇散文原拟刊出，因某种原因被搁置，现寄去清样作为纪念……"这篇散文是数月前，我跟地下交通员一起到闽浙边界柳家山访问时写成的。

避难期间，走遍闽浙边界山山水水，与山区人民朝夕相处，积累了许多传记文学素材，有几篇已形成初稿。同时写了不少反映山区老区人民的斗争生活的诗作。长诗《无名英雄传》也在此时有了初稿。

从 1958 年至"文化大革命"结束，除避难二年外，先后在平阳报社、县广播站、县文化馆、县委调查研究室、县委宣传办公室等单位当编辑，编文艺、宣传等报刊。《矾都巨变》刊《浙南大众》。

下乡调查研究，体验生活，曾参与并执笔撰写《平阳的实际是什么》，为县委决策提供依据，也为自己的文艺创作积累素材。

在城西蹲点，写了好几个月的日记，约 50 多万字。写作的老贫农洪才秀的《血泪凝成的家史》刊于《文艺专辑》。

《矾都在前进》一文由中国新闻社发出，刊于香港《文汇报》，同时刊于香港《文汇报》及《大公报》的还有《每逢佳节倍思亲》等文章。

《盲艺人章锦永》一文刊于上海《文汇报》。此文与高义龙合作。

1959 年至 1963 年写了许多农村题材的作品，为报告文学《种田干部廖锡龙》《人杰地灵——访著名数学家苏步青故里》《绿的梦——沿着朱自清的足迹游仙岩》《漫话明矾之都》《南国踪迹》《擒龙》《追忆许饮文先生视察矾矿》《作曲家黄准在矾矿的足迹》《壮丽名山埋忠骨——瞻仰刘英烈士陵墓》《矾都巨变》以及现代京剧《浩气长存》、话剧《美国强盗滚出去》等等都在此期间完成。

小说《老两口》和《沸腾的田野》刊于《浙江日报》文艺副刊。《老两口》随后收入小说《白天与黑夜》一书，由浙江文艺出版社出版。《谈谈代笔稿的真实性》刊于浙江人民广播电台编辑部《通讯工作》。

1959 年，《祖国的矾都》(修订本)收入浙江人民出版社与东海文艺出版社的《图书目录》。同年，《一个红军的妻子》收进《红色的女儿》一书。

20 世纪五十年代，平阳县有和剧、京剧、越剧三个剧种，共三个剧团。领导知道我较熟悉京剧，青年时学过京胡、三弦，与京胡高手郑宗琳交往颇密，至今在七十年代前从瑞安旧书店里购来的《诗韵集成》扉页上还写着郑宗林讲述的京剧音韵十三辙的提要。因而就确定我来编一本关于现代京剧的书籍。此时，我也掌握了许多陈百弓、谢婉二烈士的许多资料，又做过陈百弓烈士追悼会的司仪。于是书就以陈百弓烈士(中共鼎平县委书记)的事迹为主要剧情，剧目就以当时温州地委赠送的悼幡“浩气长存”为名了。

《浩气长存》剧本初稿拿出后，有关领导等就确定周方明、鲍超为导演，鲍超还兼该剧音乐设计，武老生胡春雷为陈百弓扮演者。这个剧目演出后，在浙闽边界产生了重大影响，浙闽各地报纸电台都做了报道和评论。

不久，在中国近代版画史上有相当地位的著名版画家赵延年和他的学生陆放、曹兴高、张蒿祖一行来平阳基层体验生活、写生、搞艺术创作。县领导让我陪同其一行观看《浩气长存》演出。在观看过程中，他们各自进行了速写。演出结束后，赵先生邀我到他寓所，问我能否为他们就此剧写一个版画脚本，让他们创作一组版画。作为该剧编剧，我当然不好推辞。在报社工作极其繁忙的情况下，我将该剧分为端午风波、星夜劫狱、失足负伤、探病密议、突变定策、机智脱险、霞关起义、相逢别母、暴露突围、不幸被捕、英勇就义等十一场戏，写了版画脚本，第二天下午送给赵先生。

就此，《祖国的矾都》修订本封面便用赵先生的版画了，同时书中有两张版画也是赵先生提供的；一是第四十八页的“混料密里煨矾石”，另一张是第四十九页的“工人们正在紧张炼矾”。这两道重要的炼矾工序都用上版画，为该书增色不少。

以我撰写的《浩气长存》以脚本，由赵先生、陆放一起作的版画《浩气长存·

陈百弓烈士革命组画(木刻)》刊于1959年《跃进画报》总第十一期。近年,福建省《福鼎文史》转载刊用了。

五十后在一个偶然的机会里,在西湖边的展览厅里碰见陆放先生,他已经是著名版画家了,他特地为我的《百鸟诗集》作了一幅版画,在这个文集里可以看到。赵延年先生亦特地赠送我他的代表作《起来,不愿做奴隶的人们》大型版画,并与我合影。我也赠送陆放先生一副联语,在做联出版社出版的《郑立于楹联选集》里可以找到。

《马头岗赞歌》刊于1960年7月1日《浙南大众》副刊。

1961年第19、20期《东海》刊了《夏收场上》。

《不落的红太阳》刊于《东海》1961年第1期。

《新桃源的好当家》文艺(特写)刊于1961年1月13日《浙江日报》副刊。

《英雄山村一党员》(报告文学)刊于1961年2月2日《浙南大众》副刊。

《我们的小队长》报告文学刊于1961年7月6日《浙江日报》。

《平阳番薯刨》《平阳纸伞》刊于1961年11月26日《浙江日报》副刊。

《春天的早晨》(外一章)刊于1962年4月8日《浙南大众》副刊。

《革命干劲与求实精神相结合》(评论)刊1962年9月1日《浙南大众》。

《山行随感》(三则)刊于1962年9月9日《浙南大众》副刊。

《三更暴雨》散文刊于1962年10月7日《浙南大众》副刊。

《岁寒三龙》散文刊于1963年2月3日《浙南大众》副刊。

《平阳发现晋代古墓》刊于1963年4月13日《浙江日报》。

《党的光辉照亮了他的心——记浙江平阳鼓词盲艺人章锦永》刊于《文汇报》1964年6月16日,此文与高义龙合写。

《矾都新貌》刊于香港《文汇报》1965年。

《老贫农全家上阵闹春耕》散文刊于1965年5月8日《浙南大众》副刊。

《壮丽名山埋忠骨——瞻仰刘英烈士陵墓》,此文经删节转载于《共产党员》1983年第10期。

《南麂美龄居》刊于《温州日报》副刊。

《对“明矾石的综合利用”的一些意见》刊于《出版通讯》

《美国强盗滚出去!》(话报剧与人合作)刊于《浙江日报》副刊。

《回来办公》长诗《廖锡龙》中之一章刊于《平阳群众文艺创作选》

1977—1980年

前后在县广播站、平阳报社任职。平阳报社是中宣部试点单位,曾在江山县开过重要会议，由中宣部派员来回主持，日报的纸钱由国家供应，提供的办报条件较为优越，由于报纸办得较有特色，虽然交通不便，发行量仍达到 25000 份。

《普陀山短曲》刊于《清明》杂志。《奉化溪口杂志》（四首）刊于《星星》。还有一些诗作散见于各地报刊。

“文化大革命”中焚灭的《百鸟争鸣》诗稿重新酝酿、构思上打破郭沫若先生每首二节四句头的框架。参观了一些鸟类栖息地和动物园，购置数十本有关鸟类的知识读物，断断续续写了一些诗稿，让可爱的鸟类在纸上复活。

县里成立民兵斗争史办公室，召集十多人，我兼任副主任。

《柳家山的合抱枫》散文，稍做修改刊于《浙江日报》文艺副刊（1978 年 7 月 4 日），有大半版的篇幅。

为了了解红军赤卫队的斗争情况，又去了两次柳家山，写了报告文学《浙闽边界柳家山的合抱枫》。不久在省军区招待所现做修改，1981 年刊于浙江省军区政治部编、浙江人民出版社出版的《斩妖刀》一书。

在县民兵斗争史办公室的一年多时间内，大家共编写了数十篇文章，先打印传阅，最后汇集为《红缨赞》一书，由民兵斗争史办公室编印。未正式出版。内有文章二十一篇。由苏渊雷题签约二十多万字。

与马骅、洛雨、唐淩等数人做南国之旅，这是省作家协会提供的机会。去到杭州，南京、株州、桂林、肇庆、广州、厦门、福州等地，最后回温州，旅行为期一个月多，写了《夜过上饶》《桂林诗笺》《登黄山天都峰》《九华山李白书堂》等诗作或散文，积累了许多创作素材。

1979 年

传记文学《青春的火花》由浙江人民出版社出版发行。第一版印 25000 册，一个月内发行完毕。1958 年 5 月，浙江教育出版社《薪尽火传——浙江革命故事集》一书中选用了《青春的火花》中的两篇：《她为何剪断自己的舌头》《蒲城双烈》。《她，为何剪断自己的舌头》原刊于 1959 年 5 月浙江人民出版社出版的《红色的党》一书，改名为《青春的火花》，即为今名。

《无名英雄传》（长诗）1978 年刊于《浙江文艺》，在浙江诗坛引起很大的反响。稍后，《九华山李白书堂》在《江南诗词》1988 年第 3 期刊出。

《新桃源的好当家》刊于《浙江日报》副刊。

1980—1985 年

《沉默，并不沉默——杨奔兄印象》收入《杏坛耆英——杨奔先生八十诞辰纪念集》。

在县委宣传部任职兼任县文联副主席。这个时期，作家协会的会员可在省内体验生活一个月，于是省内该走的地方我都走遍了，有的地方还多次去过。写了不少散文，诗歌或随笔，还写了好几十万字的传记。

《绿的梦——沿着朱自清的足迹游仙岩》刊于1980年1月的《春草》文艺杂志。《普陀山短曲》(三首)刊于《星星》诗刊1980年第1期。

在省、地文联领导和有关人士的推荐下，县委原打算让我去当文联主席，领导已经跟我谈了话。巧在这时，全国全省都在启动新一轮的修志，领导便决定由我任县志编纂委员会副主任、主编兼办公室主任。

编了县志纲目后，便着手广泛收集资料。平阳藉人员萧志杰也复印了《隆庆·平阳县志》赠送给县志办。

费了很大力气，最后才从温州图书馆复印了刘绍宽先生的日记。日记时间跨度达半个世纪，由陈镇波把四十册共四千零八十六页潦草的稿件进行分类，加以甄别点校，从中摘取了最珍贵的资料，编成《厚庄日记选编》共十册，予以誊印问世。付印前，我认为应将点校选编者陈镇波的姓名放上，他不同意，说“修志刚开始就把编者的名字印上去不好”，在十分无奈的情况下，我便写了《厚庄日记选编跋》，将日记选编的来龙去脉写清楚，也肯定了点校选编者陈镇波的卓越成就。这就是《厚庄日记选编》跋文的由来，最后跋文由刘绍宽的外孙女婿游寿澄用毛笔书写。游君工书法，尤精楷书。我一再嘱他要署上自己的名字，他也一再婉辞了，直至游君逝世后，在跋后见到的“游寿澄书”的字是从另处他的笔迹临摹上去的。

此跋曾刊于省、市、地方志刊物和港等地报纸，也刊于台湾《温州会刊》第14卷第2期。

《一代青年的先锋——朱善醉烈士》刊于《浙南革命烈士传》第一辑。

《足下万里路，胸中八月潮——记中国西部拓荒先行者林竞》刊于浙江省地方志刊物，各地报纸与台北《温州会刊》先后也转载了。

《吴景荣传》《温州先贤刘公堂》《南雁荡山志考略》《新中国成立前解平阳县立中学》《南麂美龄居》《榆垟晋代古墓发掘始末》《陈百弓、谢婉烈士传》《一代青年的先锋——朱善醉烈士》《赵延年与“浩气长存”版画》等等都是这个时间写的。

1986年，撰《忆金公嵘轩先生长瑞中》，次年刊于《瓣香集——纪念金嵘轩先生诞辰百周年》。

《温州——“数学家之乡”形成原因及其在国内外的地位》(此文与章志诚合作)刊于浙江省地方志刊物《浙江方志》。温州是数学家之乡，是千真万确的。其次，平阳以及平阳析出只三十来年的苍南县应是数学家的摇篮。不久，我与谢云学兄谒访了比苏步青先生大九岁的姜立夫先生的故居。后来写出的《黄庆澄与〈算学报〉〈史学报〉〈瓯学报〉》《姜氏乔梓双院士——访苍南籍中科院院士姜伯驹先生》《先贤典范数学巨星——追忆苏公步青先生》以及敬题姜立夫先生故居、李锐夫先生故居、黄庆澄先生故居的楹联等都是来源于此。

1986 年 10 月，《爱国心与正义感铸造的诗人陈高》收进《历代人物与温州》一书。

1999 年 8 月，《温州——数学家之乡形成原因与其在国内外的地位》刊于方志出版社出版的《浙江人物综论》一书。《谈谈修志工作中的几个实际问题》刊于浙江人民出版社的《浙江方志论坛》。

1988 年，《平阳县志通讯》，我撰了序言。

1989 年，《谢云学友在中国美术馆举行书法展，刘海粟老先生为其题词赋七律一首遥寄北京》刊于《东瓯诗词》已巳集。

1992 年，《厚庄日记选编》中的跋刊于《温州方志通讯》，编者发了按语。

1993 年 12 月，《平阳县志》由汉语大词典出版社出版，被评为浙江省地方志优秀成果二等奖。

1994 年，反映"浙江建设新面貌"的《祖国的矾都》的出版情况载入浙江出版史编委会《浙江出版史料》。同年《百鸟争鸣》诗集终于重新写成了。寄给上海人民出版社，很快收到青年读物编辑室资深编辑曹香秾的回信，他肯定了诗稿内容和形式，并去函浙江省作家协会，建议给我一些创作假，又约请苏步青先生为此作序。后来因为出书形势的变化，未能及时出版。1995 年才由漓江出版社出版。后记中提到的聂振宁今乃中国出版集团总裁。这本书整整花了四十年的工夫。

《南雁荡南麂岛揽胜》系 1993 年由漓江出版社出版。由苏渊雷题签。此书部分章节是与县志常务副主编陈镇波、县志办公室副主任张声和合作写成。

关于庐山五老峰，桂林龙隐洞、闽南木棉庵、重庆影天门、山东蓬莱图、九华山、肇庆鼎湖七星洞、南京鸡鸣寺胭脂井、普陀山、福州西湖、峨嵋山、广州黄花岗等等的联句与散文、诗作都是在这一时期完成，散见于各地报刊。

《发扬优良传统　开拓辉煌未来——祝颂〈平阳报〉复刊五周年》，这论文刊于 1998 年 12 月 29 日《平阳报》，并在复刊五周年纪念大会上，以此文为提纲，联系实际，大胆批评县委个别领导无才无能，强制中宣部试点的《平阳报》停刊的行为。省委宣传部领导也批评了县委个别领导，因而博得了全场热烈的掌声。

《著名英语专家吴景荣》收进《爱国爱乡平阳名人选》，后又收进中华书局出版的《温州市志》。

1995年1月6日，浙江省地方志编纂委员会办公室以浙地办(1995)1号文件，聘请我为特约编审。论文《谈谈修志工作中几个实际问题》刊于《浙江方志论坛》第二辑。修志期间，还有许多经验体会与学术论文在省市等地方刊物上发表。因为不屑于文学创作范畴，这里不予论述，待有机会，另谋专辑刊出。

1998年，《黄庆澄与〈算学报〉〈史学报〉》刊于《苍南时报》。

《"二胡"伴奏南雁荡——追忆胡野檎、胡小孩平阳之行》刊于1998年10月13日的《平阳报》。《敢想敢做》杂文刊于《浙南大众》副刊。

《斯范与〈萍湖边〉》刊于《平阳报》。

《郑邦琨与〈当代日报〉〈自立晚报〉》刊于《平阳报》与台北《温州会刊》。

《奇异的狗》散文刊于《苍南时报》。

以幻邨为笔名的《李仕俊与报业情结》刊于1999年6月22日《平阳报》。《南虎美龄居逸闻》刊于《苍南时报》文化副刊。

《追忆许饮文先生视察矾矿》刊于1998年9月30日《苍南时报》。

《名记者鲁顺光》刊于《平阳报》，署名幻邨。《版画家赵延年在平阳的作品》刊于《平阳报》。

1998年11月13日，《平阳报》刊《算学报》开海内数学专业报刊的先河。《厚庄日记选编》跋刊于《平阳报》。

1998年，《凤山之麓创平中》刊于《平阳报》《今日平中》《温州方志通讯》。

《情文并茂　雅俗共赏——欣读周瑞金氏中国棋王碑林题记》刊于《平阳日报》。

《刘锡荣致函郑立于》刊于《温州方志通讯》1991年第1期封二，对方志界影响很大。

《柳家山的合报枫》转载于福建省福鼎市《太姥山》杂志。

散文诗四章《南国踪迹》刊于《南雁》(总第十五期)。

1999年，《凌云志・报国心》收进线装书局出版的《雁荡莹峰》一书。

《温州——数学家之乡的形成》由章志诚与我合著，收进台北《温州会刊》第14卷特辑。

《陈高传记》刊于1998年2月《温州历史人物》，此系"瓯越文化丛书"之一种。

陈高撰《不系舟渔集》，由我点校收进《苍南文献丛书》，上海古籍出版社出版。2013年，又收进《浙江文丛》，由浙江古藉出版社出版。其中增补了我所撰的《陈高年谱》《陈高故里考》及前言、后记等。

2003 年,《题张培农烈士遗像》书法作品收进《张培农烈士纪念文集》。

同年 3 月,《郑立于短诗选》由香港银河出版社出版发行(中英双语对照),并列入“中外现代诗名家集萃”丛书。诗学评论家、《清明》杂志编审张禹做了评论,刊于各报刊。张禹在文中说:“作为立于的同乡朋友,看到他的诗集能跻身‘中外现代诗名学集萃’丛书,从香港这个窗口走向世界,真是为他高兴。”

2000 年,《林竟〈西北丛编〉》刊于《温州政协》试刊号。

10 月,《赵延处与〈浩气长存〉版画》以及版画六件刊于福建省福鼎市政协文史委员会编印的《福鼎文史》第 19 辑。

《南雁荡山水》(二首)刊于《南雁》诗歌专辑。

《南宁果市》(诗)刊于《南宁晚报》。

《食用菌厂速写》刊于《经济生活报》副刊。

《写给四明山》(诗)刊于《无名诗刊》。

《墓前的婚礼》(散文)刊于《共产党》杂志。

《谢云学长首次在北京中国美术馆举行书法展,赋七律一首聊表情意》书法作品收进《平阳中学七十周年校庆特刊》。

《独秀峰把我托上蓝天》《骆驼山遐想》两诗刊于广西省《农民之家》杂志。

《寻真西湖》(报告文学)原刊于杭州《新西湖文选》,于 2008 年 1 月被《南雁》转载了。

《书本》原刊于 1962 年 4 月 5 日《闽东报》,浙江省庆祝中华人民共和国成立三十周年时征文办公室编将其载入《浙江诗选》了。

《秋,来到桂林》(诗)刊于广西一文艺杂志。1984 年《浙江诗选》将此诗连同《岭南人家》一起收入了。

《百鸟争鸣》诗三首刊于《福鼎报》,另有多篇诗稿、散文刊于此报。

《柳家山的合报枫》刊于 1981 年 6 月福建《太姥山》杂志。另有《英雄手绘春耕图》《红五月》《补稿匠》等十多篇诗、散文刊于《闽东报》。

《鸭司令》刊于 1962 年 2 月 25 日《金华大众报》副刊。

《红灯颂》刊于 1965 年 3 月 17 日《浙江日报》。

《做工农兵的忠实代言人》刊于《浙江日报》。《通讯员》《必须付出艰辛的劳动》刊于《浙南通讯》第 5 期。

2003 年

2 月,与郑霜枝共同编著的《西湖楹联大观》(名胜名联部分),共计二十九万字，由杭州出版社出版。据说此书印了一万册，很快发行完。出版社拟再版重印，作者作了两次至三次的增补，未能再版。这次放在文选里，增补内容，略做调整后发排，作为《西湖楹联大观》上册。

《西湖楹联大观》（名人名联部分）与郑笑怡共同编著。原先名人名联初稿与名胜名联同时选交杭州出版，由于篇幅较大，共约七十多万字，出版社同意先出版名胜名联部分，名人名联部分待以后研究，因而耽搁下来了。此次收进《郑立于文集》，用的是补后的书稿，作为下册，拟撰写在一起，成为完整的一部《西湖楹联大观》。

2004年1月，参与编辑《苍南文史资料第十九辑——矾矿专辑》。十多年来，我在苍南一直参与文史资料编写工作。

是年6月3日，完成“西湖丛书”中《西湖楹联》一书的初步构想。此文与郑霜枝合作。写此文的背景是有关领导正在规划组织出版“西湖丛书”。“西湖丛书”后来称为《西湖全书》。由于作者二人在杭州居住已有将近二十年，关于老杭州历代联句及其背景材料就编写了上千万字，况且《西湖楹联大观》是历代西湖刊出容量最大的一部书。时任西湖丛书编纂指导委员会副主任的魏桥先生便授意我写《西湖楹联》一书，在写作开始后，2004年6月3日，我向“西湖丛书”编纂指导委员会和《西湖全书》编辑委员会选送了“西湖丛书”中《西湖楹联》一书的初步构想一文。经过三四个月昼夜奋战，《西湖楹联》书稿终于完成，计十五卷，正文有二百十页，除了弄清每对楹联的撰书者、补书者外，还简明地介绍了时代背景，分析了楹联的特点。

2004年6月，联语《题平阳凤林郑海啸同志故居》收进浙江省新四军研究会、中共温州市委党史研究室、中共平阳县委合编的中共党史出版社出版的《郑海啸纪念文集》。

报告文学《寻真西湖》收进杭州市文学艺术界联合会编的《新西湖文选》。

以“情牵两岸”为主题，内含《温州郑成功石像前牌坊联》《厦门南普陀太虚图书馆联》的书法作品刊于台北《温州会刊》第124期。

《题郑继善、郑锡璋父子〈野草小茶集〉》刊于集子前面。

传记文学《她，为何剪断自己的舌头》和《蒲城双烈》收进由浙江教育出版社出版的《薪尽火传——浙江革命故事集》。

《平阳赋》刊于《平阳诗词》第5期。仿佛记得是王擎峰任县长兼老城改造总指挥时请我拟的。

《题南雁白云瀑观瀑亭》《题纪念宋代诗人林霁山仰霁亭》《题鳌江玉佛禅寺圣门》等八副收进《平阳诗词》第4期。百龄老人张和光先生赠余之联句：“潇洒如君，放棹西湖，举杯邀得三潭月；蹉跎似我，滥竽南郭，设灶难成九韩丹。”同页刊载。

《赠董孔甫联》：“一卷林森火，黯燃万里从文路；八旬钻石婚，喜庆三才发迹象。”此系书法作品，收进由香港出版社出版的《夕阳余辉》。

2008 年，《徐世康的报业生涯》刊于《沧海》第 17 期。

2004 年，《山居随感》等数十首诗和联句收进《东瓯诗词》及后来的《温州诗词》。

2005 年 10 月，收入“两湖全书”的《西湖楹联》一书，由杭州出版社出版。

同年，《陈高》《吴景棠》收进《平阳历代名人》。

我六十多年前就开始自撰楹联作品了。因为是“两句头”，创作的数量很多，但底稿保留下来的却不多。联界前辈和挚友，早就鼓励我将撰写的联句集结出版。搜集这些联句，难度很大。题于寺院道观，风景名胜的楹联，除了有存底稿的以外，还得靠各地朋友以至方外人士的抄录或拍照片，才基本收集起来，有关红白喜事联句为数不是很多，保存下来的就更少。从 2001 年开始，经过七八年的搜集，才集结为《郑立于楹联选集》，刘江先生题签，由诗联文化出版社出版。

2007 年，《林声松先生哀思条》中收进拙作《遭劫 · 自经 · 永生——林声松兄形象》。

2008 年 3 月，《郑立于楹联选集》出版后，又收到一些联友抄来的过去遗漏的联句，又加上近年来撰记的，又增加二百多副。

书法作品入选中国上虞首届“东山杯”国际诗书画邀请展，并获得荣誉证书。

2009 年，关于与夫人黄丽容“钻石婚”的贺联选集约数十副收进《苍南诗词》第 13 辑。

是年 10 月，《陈高故里行》刊于台北《温州会刊》第 25 卷第 5 期。《温州先贤刘公(祠)堂记》刊于《温州会刊》第 23 卷第 6 期。《郑春甫先生传略》(郑冰天撰)刊于台北《温州会刊》第 24 卷第 25 期。《温籍出版家方志勇，在东南亚弘扬中华文化》刊于《温州会刊》第 25 卷第 1 期。

2009 年，《读〈郑立于楹联选集〉》叶良中撰刊于《温州读书报》总 148 期。

2010 年

《在平凡中见神奇——记林辉山同志二三事》刊于《浙南火炬》第 19 期，时任该刊执行主编，因而发表此文用笔名朱邨。

《八秩老叟说张翎》刊于《温州文学》2010 年第 6 期，同时刊于各地地方报。

2010年8月11日，将撰述的《西湖楹联大观》(与郑霜枝合作)、《西湖楹联》(收入“西湖全书”)、《郑立于楹联选》、《郑立于短诗选》(中英文双语对照)及主编的《平阳县志》等计八种一十一册，赠送给温州图书馆。温州图书馆发给收藏证书。

七律诗《谒林景照陵墓》《赵奥别业》与《仰霁亭联》(三副)收进林步宽主编的《仰霁集》，由中国文化出版社出版。

2011年

5月5日，散文《三登云顶岩》刊于《厦门文学》2011年第5期。

散文《壮丽名山埋忠骨——瞻仰刘英烈士陵墓》刊于《沧海》文艺杂志2011年第4期。这篇散文是四十年前，中国作家协会浙江分会给一个月的考察体验生活的假期叶永康方岩时写的。当时只在内刊登载，由于那时忙于修志，没有拿出去发表，直到此时才刊于《子夜》和《红色平阳》。

2011年第2期《苍南历史文化》刊载了《平阳中学移校桥墩口的往事》。此是受几位友人在修桥墩口志时的邀请而写的。

《红军会飞》是二十多年前写的旧稿，2011年刊于《红色平阳》总第7期。

《题全乡观音调》楹联刊于《全乡观音洞》小册子。

《太姥山长联》刊于福建省福鼎市楹联协会主办的《太姥山楹联》创刊号。作品转载自2009年4月26日《福建日报》副刊《武夷山下》第4版《太姥山长联》。

《柳家山的合抱枫》(报告文学)刊于浙江省新四军历史研究会浙南分会主办的《浙南火炬》第22期，同时刊于此期还有《壮丽名山埋忠骨——瞻仰刘英烈士陵墓》。

《籀园，何时回家?》刊于《苍南文学》2011年第4期。

上海图书馆出版的《苍南对联集成》收进拙作《沉香苍联》《望江亭联》《百步亭联》《夕照亭联》《玉苍山东麓亭阁联》《矾山康乐亭联》《蒲壮的城石碑坊联》《五凤香茗联》《张鹏翼期颐寿庆联》《敬挽苏步青先生联》《悼念方介堪先生联》，连同“钻石婚”各界人士惠赠之贺联共数十副。

《厦门文学》第5期刊登散文《三登云顶岩》。

《柳家山的合抱枫》(报告文学)刊于《苍南文学》2011年第3期。

《三登云顶岩》散文刊于《苍南文学》2011年第1期。

长诗《红军会飞》刊于《红色平阳》2011年第3期。

《从〈将才铁军〉想起来朱德同志的来信》刊于2011年10月17日《今日苍

南》。

2012 年

《从〈将才铁军〉想起来朱德同志的来信》刊于《苍南史志》2012 年第 1 期。

《籀园，何时回家？》刊于温州市图书馆刊《籀园》2012 年第 1 期。

《合抱枫复生记》刊于《红色平阳》2012 年第 4 期，同时刊于《沧海》第 4 期。

《矾山小学》（与人合作）刊于苍南文史资料第二十九辑《苍南百年老校》，其中《矾山中心小学新建新校舍红革》系个人撰写的。

《姜氏乔梓双院士——访苍南藉中科院院士姜伯驹先生》刊于《苍南历史文化》总第 6 期。同时刊于台北《温州会刊》第 28 卷第 1 期。

《凭良心做人　讲道德做事——追思黄埔军校毕业之卓鸣鸾先生》刊于《苍南历史文化》2012 年第 3 期（总第 7 期）。

《钱启凤山摇动岩亭》收进《温州历代楹联》，中华书局出版。张鹏翼先生题赠郑立于联也收进此书。

《张鹏翼期颐寿庆》收进《温州历代楹联》，中华书局出版。

《悼念郑伯永》收进《温州历代楹联》，中华书局出版。

题昆阳东林寺联“龙跃云霄，文笔题诗天作低；凤归圣地”殿堂念佛海为心，收过《温州历代楹联》，中华书局出版。

《合抱枫复生记》这是继《柳家山合抱枫》后又一篇报告文学，刊于 2012 年《红色平阳》第 4 期（总第 12 期）。

2013 年

《矾都教育今与昔》刊于《沧海》2013 年第 1 期（总第 34 期）。

《先贤典范　数学巨星——追忆苏公步青先生》刊于《新平阳》。

2013 年，《题杭州苏东坡纪念亭》《题南普陀太虚图书馆》《题南岳衡山回雁峰》《题庐山五老峰李白读书处》等联收进《当代楹联家大观》，蓝天出版社出版。

2013 年，中华诗词出版社出版的《中华诗人年楹》收进拙作《赋矾都首届明矾节》《登黄山天都峰》《谢云学兄在京举行书法展》《张鹏翼夫子九十华诞》《题九华山李白书堂》等七律诗。

楹联《题郑成功石像苏石牌坊》《题浙江上虞东山风景旅游区》《题南雁荡白云瀑观瀑亭》《北京二〇〇八世界奥运会》《题林竞先生霞关旧居》《题闽南龙溪木棉花》《题姜立夫先生故居》等收入中国楹联出版社出版的《中国楹联年鉴》。

2013年12月，中华国粹出版社出版的《中国古今律诗选集》收录了拙作，《竭北京孙中山先生衣冠塚》《题全国文保单位蒲城建城六百周年》《谒爱国诗人林景照陵墓》等七律诗。

2014年

2014年由温州市委宣传部、市文联联合主办的“瓯之韵·百水赋”征文活动，苍南籍作家郑立于获一等奖。同时，郑立于获浙江省委宣传部、省作家协会联合主办的“百水赋”征文比赛二等奖。中共鳌江镇委、鳌江镇人民政府拟将《鳌江赋》全文和镇里的跋文一起镌刻于长方形石碑上。

温州晚报、鳌江镇委镇政府主办的《新鳌江》刊登《鳌江赋》全文，以及以“辞赋颂水韵·笔墨写真情”为主题，专访《鳌江赋》创作者郑立于老先生的报道。

郑立于书法作品《题平阳山门红军公园红军亭联合诸葛亮诫子书》收进浙江省新四军历史研究会编的《浙南火炬书画摄影集》。

《陈高传》由浙江古籍出版社出版，直到这一年才拿到书。林勇等人与有关同志呈会，开了首发式，李晖华主持会议，林森森、林小园等领导讲话，仪式既简要又隆重。笔者也讲了此书点校和多次出版及收进其他丛书的情况。

2015年

1月，温州矾矿申报世界工业遗产研究会以本年度文件，聘请谱主为温州矾矿申报世界工业遗产研究会顾问。

《矾都赋》刊于《今日苍南》和《苍南历史文化研究》等刊物。

与李晖华等矾山四大王村瞻仰陈百弓、谢婉二烈士纪念亭。亭三层，仿黄鹤楼结构建造，颇雄伟。亭中悬匾联颇多，其中李晖华与人合撰的联句，概括了陈百弓烈士英勇的一生。回到苍南县城后，即撰了《瞻仰陈百弓、谢婉二烈士纪念亭》一文，刊于《苍南历史文化》杂志。

同时，撰了《西坑圣水》一文。

第三编

言志楼要事纪略

言志楼要事纪略

1978年至1979年，在平阳县城东坑半山腰盖了三间二楼的房子，名曰“言志楼”。

1978年春，去信敦请苏步青先生为“言志楼”题匾。苏公接到来信后即来电：“你的来信看到了。言志楼是诗以言志，志以定言，诗言志可能是出于《尧典》等古藉，很好，我有空就写。”不到一周，“言志楼”题词就收到了。署名横竖各一张，印章盖得端端正正。遂请镌刻高手镌在优质木板上，然后再推光贴上真金。悬于中堂。

郑公春甫先生传略

郑冰天

郑春甫公，原名郑礼秋，世称老春先生，清光绪二十六年（一九〇〇）出生于浙江省温州矾矿区里的苍南县矾山镇西坑村。公年少时，家境清贫，只念数年私塾就去矾窑当学徒，由于天赋很高，又勤奋好学，三年未满，即能操办账房一切事宜。

公为人忠诚朴实，善于开源节流，乐于行善助人，于民国二十九年（1934年）被任为协丰矾窑经理，以后又历任和兴，协发等明矾窑厂经理、总经理，成为一位爱国的民族资本家代理人，直到一九八八年无疾而终，终身为温州矾矿服务。

公善于理财，精于珠算，更精于心算，加减乘除，或是开方，不管是二位数或三位数、四位数，不用算盘，一经过目，即能得出。或加、或减、或乘、或除，所求之答案，准确无误。八十八岁高龄时，有位名叫华业树的数学老师特地拜访他，要考考他的心算的特技，他答云：“年岁大了，不知道灵不灵，试试看吧。”于是这位教师在纸上开列五百多担明矾的数字（都是三位数）请他用心箕得出总重量。公对纸上数字，逐一看了一遍，口中似在默念，最后写出总重量，这位老师是精于数学的，立即用算盘(珠算)反复打了三遍，所得总重量与公写的总重量丝毫不差，在场数人，无不拍手叫好。昔日人们称他为“神算”，现代人说他“心算超越珠算，人脑胜于电脑”，如今这段佳话还在温州矾矿工人中传诵。

公体谅、关心工人疾苦，更热衷于公益事业，一九五〇年矾山区筹备新建高岚山中心学校全部校舍。公心想：工人子弟没有地方读书，明矾业难以开创、发展，在矾矿有限的资金难以拔出，还是拿出家中的财物作为献金。征得夫人朱氏的同意，于是将夫人陪嫁的一对黄金手镯，八九个金戒指，两百多个银元，数以千计的银角子，以及两个大柜土布、苧布，全部献出，兑为当时的货币，作为建设新校舍的经费，在公与矾矿实业家郑宗瑾、程崇式、朱鸿卿、朱璇、刘彦珍、卢生培、李若秀、陈子信等人的共同努力下，有钱出钱，开矿、炼矾、挑矾的工人，有力出力，由温州龙狮画室设计的五进约近百间的矾山区中心学校新校舍终于建成。白天让工人、农民子弟就读，晚上让工人上夜校，旋即办起了附中班，为温州矾矿谱写了文化建设的新篇章。

公淡泊明志，平生不喝酒，喜欢步行、竞走，直到耄耋之年，日能步行数十华里，登上鹤顶山、半山庵。华东师苑大学教授、文史专家苏渊雷先生曾以真金巨匾“耋龄硕德”相赠，著名画家唐唯逸赠予《松鹤延年》巨幅国画。公谢世时，温州矾矿领导和县、区、镇各单位都送了花圈，矾矿工人为其设“路头祭”，沿途居民为其鸣鞭炮，葬礼极其哀荣。

(原载台北《温州会刊》第二十四卷第 2 期)，近期刊于《今苍南》

唐唯逸先生赠郑春甫先生国画《松鹤延年》。

张鹏冀先生赠郑春甫先生联

手抛造物甄陶外

春在先生杖履中

陈镇波撰《郑春甫先生九秩寿序》

赵延年先生赠版画《起来，饥寒交迫的奴隶》

陵放先生赠版画《宝石流霞》

言志楼珍藏之书画作品

在杭州、厦门、苍南、平阳等地的言志楼中，还珍藏吴湖帆、李苦禅、赵延年、王明（道教学者）、吴山明、何水法、苏渊雷、徐启雄、华纫秋、曹熙、翁宗巧、唐唯逸、贾平凹等等名家之书画作品。

张鹏翼先生赠郑立于郑水园乔梓诗（七截两首）

临池无间到衰年，生喜书从海外传。
更有名家赏一盼，寄来翰墨结因缘。

郑家乔梓擅风流，雅爱书翰随处求。
却把佳书转相赠，原将永作爪痕留。

申酉春，拙书参加新加坡展览，谬承潘虚之先生赏识，并以所书联语见惠。笔甚雅健，盖此万里神交，翰墨结缘，快何如之。立于水园乔梓见之心喜，向予索取，乃欣然与之，并缀七截二首以赠，即请存念。

附：新加坡潘虚之先生赠联

文生于情有春气，
兴之所至无古人。

苏渊雷先生赠言志楼主郑立于、黄丽容诗

卷帘泼翠满晴窗，宾主何惭绝等双。
酒罢偶凭栏畔望，万家灯火谢寒缸。

苏步青先生赠郑立于诗

少年意气老来收，
漫道寿夭能得侔，
世自分二成一局；
生难满百虑千秋。

容表似水终嫌淡；
别梦如烟转觉浮。
若忆钱塘明月夜，
何人江上弄潮头。

苏步青先生赠郑立于七律诗

旧山遥隔白云端，梦里春深听杜鹃。
衣锦夜行非昔日；闻鸡起舞记当年。
锲而不舍镂金石；老益无能让俊贤。
记得坡公誓江水，难忘乡井未归田。

（癸亥春节退居二线，赋此自娱，书奉郑立于同志法家雅政复旦大学八十一翁苏步青）

言志楼藏书纪略

郑萍野

三十多年前，即 1980 年，苏步青先生为我家题了“言志楼”的匾额，当时言志楼藏书只有数千册，随后藏书逾万册，温州图书馆张永苏等同志曾来我家考察过，并在《温州读书报》上做了报道，如今十一处言志楼藏书约达七万两千多册。

父母金婚期间，父亲郑立于与母亲黄丽容商议，为发扬言志楼求知、治学、创业之精神，写了《言志楼记》，并复制《言志楼》匾额数方，将《言志楼记》题于匾后，分赠给两女郑冰天、郑霜枝，两男郑萍野、郑水园，期望他们读万卷书，行万里路，结万人缘，尽力成为有高尚道德之人，有文化素养之人，有专业技术之人。言志楼四世同堂，如今分住在杭州、厦门、平阳、苍南，各有一至两个藏书楼。第二代第三代都获得大学本科学历，其中有六人获得硕士学位，有一人正在攻读博士学位，有一人已获博士学位。

图书宛如浩渺大海，藏书难以求全，因此言志楼藏书除必要收藏的世界文学名著、中国传统文化著述等以外，采取实用主义进行图书收藏。文字工书具是大家必不可少的，因而要求尽可能备全。《汉语大词典》共有三部，一部在苍南，一部在杭州，另在厦门言志楼有一部《汉语大词典》（缩印本），还有多种汉英、英汉大词典。《辞源》或《辞海》各藏书处都有一部。《康熙字典》以及古文诗词曲这类鉴赏辞典等都较为齐备。郑萍野是从事对台工作的,因而有《台港澳大辞典》和台湾的许多著作。

言志楼成员中,有四人对英文较为精通,因而藏有不少英文(原文)著作、世界名著和期刊。这些著作成为贯通中西方文化的桥梁。已故英文专家吴景荣先生赠给郑水园的几部书,包括吴先生主编的《汉英(英汉)大辞典》(与牛津大学合作)已经成为珍藏本了。大女儿冰天与女婿钱昭鉴的言志楼还藏有古老的《辞源》与许多医药方面的书籍。获得英国硕士学位的孙女郑笑怡与孙女婿胡嘉星经常使用它。

言志楼成员中,郑冰天、郑霜枝、郑水园、应一雷等是在政法部门供职的,因此凡是法律方面的辞书或有关著述,都基本备齐,有时为了获得一些珍贵的图书还千方百计到各地邮购。郑水园是当律师的,在厦门言志楼中藏有更多的有关法律的书籍,如经济法规等,因为水园经常受理大量的涉外经济案件。从澳大利亚获得硕士学位,如今在浙江日报报业集团工作的张涵,收藏较多的是新闻媒体方面的书籍与报刊。

郭沫若先生撰写《百花齐放》在《人民日报》副刊刊发时,言志楼主人郑立于也在写《百鸟争鸣》,并曾将诗稿寄给郭老,征求意见。为了写好这一百十二只鸟儿的诗,他除了深入了各地鸟类栖息地体验生活以外,还从各地书店购买将近百册有关鸟类的图书。《百鸟诗集》在漓江出版社出版后,马骅先生(莫洛)曾给予很高评价:"这是一部别开生面的诗集,既可吟咏,又可增加鸟类科学知识,实在是一种别出心裁的创造,我觉得胜过郭沫若的《百花齐放》,因郭诗凑数的较多,少诗意,其中有的简直像中药谱。香港作家、评论家张诗剑、巴桐对诗集有很高的评价,是有道理的。"

读书、藏书,写书,三者是相互关联的。言志楼成员中有不少通过读书、藏书,也著了书。作为言志楼丛书,郑立于出版《祖国的矾都》《青春的火花》(以上由浙江人民出版社出版),《南雁荡南鹿岛揽胜》《百鸟诗集》(以上由漓江出版社出版),《郑立于短诗选》(中英文对照,香港出版),点校的《不系舟渔集》(上海古籍出版社出版),《西湖楹联大观》《西湖楹联》收入《西湖全书》,诗联文化出版出版的《郑立于楹联选集》(由诗联文化出版社出版)等共十多种,约三百多万字。郑水园等人翻译的《里根自传》已由世界知识出版社出版,列入世界名人丛书。《当代法律、金融论文集》,其中有《论我国商品经济的法律调整问题》等论文,分别由郑冰天、郑水园、应一雷、钱俊、钱晶等著述。《言志楼散文游记选》《海洋生物研究与其他》由黄高凌、郑雨桐、郑怡然等著述。《台湾局势论文选》由胡家星等撰写,即将出版。

学无止境,学以致用。言志楼成员深感到越学越感到自己不够,因而把它作为推动继续学习的动力。凡公出或旅行,到国内外时都尽可能去看图书馆、藏书楼,如天一阁,嘉业藏书楼、五桂楼、玉海楼、俞楼都去了。主要是学习老一辈的藏书精神与藏书经验。顾志兴赠送的《浙江藏书史》对言志楼藏书管理有一定帮助。看了各地的图书馆、藏书楼,发觉真是天外有天,确实是学无止境。为了把学到的知识服务于民众,言志楼成员还不时到各机关、学校、单位、工厂开展有关藏书、读书的讲座和其他专业知识的讲座。近年,郑萍野到各地开展台海局势及其他专题的讲座约三四百场,很受领导与大家的好评。

言志楼各处藏书,需建立一些必要的制度。欢迎各界人士前来参阅,凡是珍贵版本,可在藏书楼内阅读,但不出借。有些书出借,最好留个条子。言志楼内部查阅书籍,亦应放置原处。言志楼藏书应有分类目录,便于查阅。这是一项烦琐的工作,时断时续,今后应予以坚持。

砚都言志楼记

祖国之砚都乃余之故乡,先辈从河南荥阳迁至福建长乐,复辗转至浙江乐清、永嘉、瓯海、白水,再徙居砚山。余寓居平阳数十年,一九八〇年在平阳县城南门铁岭村购地四百多平方米,建两层楼房三间,左边房与房外小舍系女儿郑冰天与女婿钱昭鉴所有。后有井,右有池,环境幽雅,匾额系苏步青先生所题,文曰"言志楼",言志出于《尧典》等古籍,诗以言志,志以定言,为人亦应有宽大胸怀,对人宽,对己严,言行一致。如今言志楼藏书已逾万册,子孙分居杭州、厦门、北京、平阳、苍南等地,亦各有藏书楼阁,藏书合计约有五万册,后辈亦有不少著述、译文出版,将拟收入言志楼丛书。金婚之期,余与内人黄丽容商议,为发扬言志楼求知、治学、创业之精神,将"言志楼"匾额复制数方,将此记题于匾后,分赠两女郑冰天、郑霜枝,两男郑萍野、郑水园。望汝辈及其子女读万卷书,行万里路,结万人缘,尽力成为有高尚道德之人,有文化素养之人,有专业技术之人。是为记。

言志楼主人　郑立于　黄丽容
公元二〇〇〇年秋月吉日

“金婚”简况

余与内人黄丽容结婚五十周年即所谓金婚时，分别在苍南县城和故乡矾山邀请一些亲戚朋友到酒店喝一杯。双方的主婚人都仙逝了，证婚人郑友直、介绍人陈百舟与郑孔贵诸先生也已辞世。由于余当于报社时间较长，平阳、苍南二县报社都来了一些同仁，他们还在报上刊登了贺词，有的前来贺诗，平阳报社还送来画屏。在宴会上，展示了五十年前即（1949年11月21日）《浙南日报》第四版上的结婚启事和亲友们的祝贺词“心心相印”，大家颇感高兴。矾山镇的领导朱良金，李勉水诸君还特地赶来祝贺，浓浓的情胜过陈年茅台酒！

下面就是当时《浙南日报》上刊登的结婚启事和贺词等。

上林春慢

花簇矾都，霞染玉苍，国庆金婚堪羡。露菊迎秋，金樽邀月，年年柔情无限。古稀携手，历风雨、画梁双燕。任逍遥，有子孙宁馨，向平心了。

共闲吟、倚楼望远。寻朋旧、寺观放读经卷。国运亨隆，生民乐业，双双老怀弥暖。夜阑低语：更钻石、与卿相伴。跨千禧，盼期颐，寿君论撰。

立于学兄，中秋欢度七秩，国庆又逢金婚之喜，因献俚词以贺。

同学弟章安衣笔

己卯九月丁巳于沪上

……，作爲寫日記的……七個月後，他不……消報，而且看完……關生產問題記在……晚飯後休息時間……置隊。此外，王……一年零六個月的……，從來沒有犯過……天別人睡午……在沒有工作……間學習，他……來。

多買紙……為他學習的……，每個月的津貼……的殘廢金，都……，他每月平均……

鄭春甫為次男立于
黃皋為長女麗容結婚啓事

茲承盧伯舟、鄭孔賢二先生介紹謹擇於公歷一九四九年十一月廿二日在平陽[illegible]山舉行婚禮特此敬告親友（恕不另柬）

鄭立于先生
黃麗容女士結婚誌喜

心心相印

盧雄　鄭立修
盧晶芳　盧興恭
鄭立鑄　鄭益庭
李麗民　朱為珍
同敬賀

刊于1949年11月21日《浙南日报》第4版

郑立于先生与黄丽容女士结婚五十周年(金婚)到来时,《平阳报》全体同仁在 1999 年 11 月 19 日在报上登了贺词:“五十年心心相印,半世纪风雨同舟。”在同一天,新闻界、文学界老友李孔宗、朱建德、刘德吾、陈革新、叶宗武、萧耘春、简少微、李忠坡八位在《苍南时报》刊了贺词,《温州晚报》也同时报道了言志楼藏书情况。

苍南“言志楼”藏书达万余

本报讯 最近记者在苍南了解到，现居灵溪的郑立于先生家庭藏书逾万册，居苍南家庭藏书之首，直逼“温州第一藏书家庭”。

郑立于先生原为《平阳县志》主编，素有读书藏书著书的雅好，故他那由苏步青先生题写的藏书楼——言志楼，在苍南、平阳也颇有名气。更有意思的是，在他的影响下，他的子女对读书、藏书也情有独钟，因此他的“言志楼”，便随着子女的足迹到了外地落户。 ●禾鱼

1999年11月19日 苍南时报社

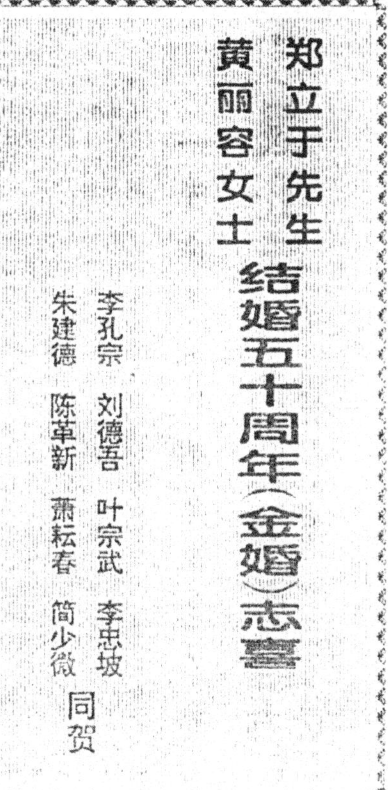

郑立于先生
黄丽容女士
结婚五十周年(金婚)志喜

李孔宗　刘德吾　叶宗武　李忠坡
朱建德　陈革新　萧耘春　简少微
同贺

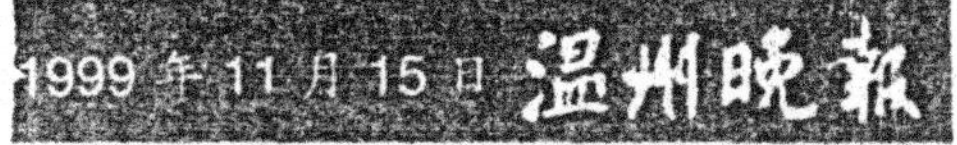

1999年11月15日 温州晚报

读郑立于、黄丽容女士金婚纪念相册

张 君

燕尔正春华，
金婚鬓有孙。
相濡人未老，
风来映风姿。

咏蜜峰

声虽不入律，
口似有音响。
穿花非浪游，
奋飞乃为酿。

“钻石婚”简况

十年，仅仅是一瞬间，又到了“钻石婚”的大喜日子。两儿两女又为父母的“钻石婚”，在故乡矾都井巷大酒店设宴，邀请亲戚与朋友来参与这简约的宴会。不少好友从远方赶来。原打算二十多席，后来增至三十多席。祝贺的红对联挂满四壁。

获得法学硕士、哲学博士的小儿子郑水园主持会务，有关领导与学生张传君、许子岳、姜玉铭诸君先后讲了话。

郑立于先生和黄丽容女士“钻石婚”贺联选集

互敬互爱，携手甲子；
相依相伴，齐步百年。

——雁荡山 高育厅撰书

执子之手，鹿车共挽，情坚金石；
宜共室家，兰桂竞芬，德向孟梁。

——陈镇波 萧耘春贺

灵凤抚钻石，
仙鸾闻玉音。

——周立坦　周黎明贺

松龄著作郎，多德多才多慧悟；
鹤寿瑶池客，美名美德美儿孙。

——李成廉撰书

立有山盟吟钻石，
于无声处赋情长。

——张　君　李　炜同贺

立意笔生花，婚谐钻石临春丽；
于飞人羡福，寿庆耋龄溢笑容。

——吴在毅敬贺

喜此三阳，六十载齐眉，坚如钻石；
添其一甲，百二庚寿算，高比南山。

——林英才　温从杰同贺

立愿亨高龄，椿萱并茂丽；
于今逢盛世，兰桂俱芳容。

——郑式乐　庄耀华敬贺

圆融无碍，慈眼善眉弥勒相；
福慧双修，琼枝玉树仲谋俦。

——陈盛奖撰书

百万言体物宜心，不愧文坛名宿；
六十载相夫教子，堪称巾帼丈夫。

——吴兰香撰　萧耘春书

立获九如，欣逢钻石歌婚丽；
于夸五福，并献蟠桃庆寿容。

——郑锡璋贺

极婺辉腾，鸿博怀仁山岳重；
睢鸠伦笃，孝慈硕德桂兰馨。

——廖一德撰　温从杰书

百年谐老，五世其昌。

——萧耘春、简少徽、陈革新、刘德吾、
朱建德、李忠坡、叶　晔同敬贺

业立文坛，挥毫择丽，诗作百鸟颂；
情于伉俪，鼓瑟悦容，喜盈钻石婚。

——门生：许子岳、董春兰、谢秉清、姜玉铭、
陈永亮、陈美香、陈金花、周美娥、
许　娇、周良群同敬贺

花烛重圆，鹤顶高松徵燕婉；
鹿车共挽，志棱郢架富缥缃。

——后学：陈盛奖敬撰书

业立文坛，挥毫择丽，诗作百鸟颂；
情于伉俪，鼓瑟悦容，喜盈钻石婚。

——门生：许子岳、董春兰、谢秉清、姜玉铭、陈永亮、
陈美香、陈金花、周美娥、许娇、周良群同敬贺

立身因积德，永驻春光丽；
于学孰多才，长留秋月容。

——卢立云、林英同贺

树立豪情，楹联誉华扬西子；
忠于历史，方志辉赞颂故乡。

——杭州周友生敬撰并书

著名作家诗人、联手郑立于同志敬，树立豪情，楹联誉华扬西子忠于历史，孙志辉赞颂故乡，丙戌之夏，晚西游子周友生撰书于杭州绵园。

言志楼出书情况

郑立于出版书目

《祖国的矾都》

1958年浙江人民出版社初版，1959年修订再版，赵延年为其封面制作版画，被评为“浙江建设新面貌丛书”的标兵书。

《青春的火花》

浙江人民出版社1979年版，初版发行25000册。

《南雁荡南麂岛揽胜》

漓江出版社1993年出版，部分与陈镇波、池欣昌、张声和合作。

《平阳县志》

郑立于主编，1993年由汉语大词典出版社出版，印数8000册，被评为浙江省地方志优秀成果二等奖。

《百鸟诗集》

漓江出版社1995年出版。香港评论家张诗剑，巴桐在香港《文汇刊》刊发长篇评论。马骅、唐湜、洪振宁也做了评论，有二十多家报刊选载了诗作与有关评论。

《郑立于短诗选》

香港银河出版社2003年出版，中英文对照，列入“中外现代诗名家集萃”。张禹发表评论。

《不系舟渔集》

郑立于参与点校，上海古籍出版社2004年出版。浙江古籍出版2013年修订再版。

《西湖楹联大观》

杭州出版社2003年出版。郑霜枝参与编著，多家报刊做了评论，萧耘春亦发表评论。

《西湖楹联》

杭州出版社2005年出版，收入《西湖全书》。

《郑立于楹联选集》

2008 年诗联文化出版社出版。

近年准备将上列已出版的十多种书籍，连同发表在多地报刊文集的各类文学作品，以及尚未发表过的作品《西湖楹联大观》下册名人名联，一起编入《郑立于文集》，该系列共八大卷，260 多万字。

《郑永园译文选》

其中的《里根自传》，由世界知识出版社出版，郑水园与张宁等翻译，列入世界名人丛书。

《海外中国留学生跨文化交际研究》

郑笑怡著，浙江工商大学出版社 2012 年版。

著者乃英国诺丁汉大学英语语言学硕士，浙江旅游职业学院副教授。此书为英文版，书名是：

On Intercultural Communica tion Competence of Chinese Oversea Students

Zheng Xiaogyi

Zhejiang Congshang

Press

《打造最美的亲子时光——我家的双语早教课本》

稿子已有二十多万字，待出。

《当代法律、金融文选》

其中《论我国商品经济的法律调整问题》等论文，由郑冰天，郑永园、应一雷、钱俊等著述，待出。

《海洋生物研究与其他》

黄高凌、胡家星等著述，待出。

第四编

郑府黄丽容太孺人高龄仙逝纪念文集

鄭府黄麗容太孺人

高齡仙逝紀念文集

癸巳季秋 謝雲

篤謹孝道

劉錫榮

劉錫榮

讣　告

爱妻黄丽容，因年迈，于2013年6月7日15时50分仙逝，享年八十晋一。现定于6月11日(星期二)上午8时，在苍南县灵溪镇塘北东路99号旧宅举行悼念会仪式。

遵照爱妻遗嘱，丧事从简，并谢绝礼金馈赠。谨此讣闻。

郑立于携儿孙泣告

长　子：郑萍野　媳：卓丽琴

次　子：郑水园　媳：黄高凌

长　女：郑冰天　婿：钱昭鉴

次　女：郑霜枝　婿：陈景云

孙　女：郑笑怡　婿：胡家星

郑雨桐　郑怡然

外孙女：钱　晶　婿：应一雷

钱　盈　婿：钱　骏

张　涵　婿：娄　刚

曾孙女：胡菡祺　应昕冉

曾　孙：钱昕宇　娄宇哲

2013年6月8日

郑府黄丽容太孺人纪事诗

郑黄联姻，天作之合。黄太孺人，高尚品格。
慈爱宽厚，热诚施舍。带头献资，马路建设。
故乡老幼，人人欢悦。尊崇孝道，奉亲准则。
割股哺慈，父乃义士。女承父志，孝行极致。
孝感下辈，仿效之至。百里方圆，一面旗帜。
教育儿孙，立节立志。为国争光，创建业绩。
孺人虽逝，广遗恩泽。百世流芳，千秋矜式！

刘锡荣题词：笃诚孝道　谢云篆额。郑立于撰辞　陈玮书册

公元二〇一四年岁次甲午秋月吉日
子女郑冰天、郑霜枝、郑萍野、郑水园敬立

郑府黄太孺人丽容女士墓志铭

黄太孺人丽容女士，一九三三年古历五月三日出生于平阳县矾山镇中岙村（现属苍南县），学成后承陈百弓郑孔贵二先生之介绍与夫君郑立于举行新式婚礼，还在《浙南日报》刊登结婚启事，并有众多贵宾在报上刊登贺词。“金婚”与“钻石婚”亦分别在苍南县城与故乡矾都举行盛大宴会。高朋盈庭，子孙满堂。然世事无常，原定二〇一三年六月七号坐动车赴杭州，而黄太孺人却于七号下午三时五十分，无忧无虑无碍，满脸笑容，乘白鹤到西方极乐世界。黄太孺人善良慈悲，充满爱心，二十年前她看到文昌路到娘家中岙村小路难以行走，遂带头出资，并动员众人一起努力，修成一条漂亮的水泥马路，在矾都传为佳话。黄太孺人热心于公益慈善事业，认为滴水之恩当涌泉相报。凡是修桥造路建凉亭，残废者、贫困者求助，黄太孺人皆慷慨资助。

黄太孺人父亲黄传九（即黄涛），抗日战争时期参加霞关起义，曾割左股奉亲，至孝传家，女承父志。

矾山的郑氏宗祠和浦亭的黄氏宗祠修建时，她亦踊跃出资。无偿赠送一间楼房给郑黄加，还将获博士学位之小儿子郑水园兼嗣郑黄两家，延续香火直至千秋万代。黄太孺人在修身、齐家、教育子孙方面更是达到很高境界。苏步青先生题匾的言志楼，如今已有十一处，藏书约有七万多册，言志楼四代人中的成年人已经基本上达到大学本科以上文化程度，其中有六人获硕士学位，一人获博士学位，另一位正在攻读博士学位。在职称方面，获硕士生导师、教授一人，副教授二人，儿孙辈皆学有所成，出版著述。此乃国家优良环境使然，也是黄太孺人心血之凝结也。黄太孺人如今安眠在苍南县城灵溪镇埔亭新岙庵右侧山坡上的郑氏陵墓。黄太孺人堪称贤妻良母典型，因此铭曰：黄太孺人，高贵品格。慈爱宽厚，热诚施舍。崇尚孝道，奉亲准则。教育儿孙，立节立志。为国争光，创建业绩。孺人虽逝，广遗恩泽，百世流芳，千秋矜式！

公元二〇一四年歲次甲年秋月吉日
儿女郑冰天、郑霜枝、郑萍野、郑水园敬立

送别贤妻良母

(一)

公元2013年6月7日15时50分，作为贤妻良母的黄太孺人长眠在温馨的鲜花丛中。黝黝鬓发柔软有序，面颊白润泛红，嘴角还挂着微笑，眼睛很自然地闭了。我深情地贴近她的耳朵说："萍野、丽琴和亲友们都在你身旁，冰天、霜枝、陈景云、水园、黄高凌以及子孙们都从杭州、厦门各地回来了，你睁着眼看看，他们都到了。"我仔细地瞅着她，她眼皮微动一动，眼睛裂了一线，眼珠未转动，瞬间又合拢了，永远安静地长眠了。这就是民间所谓"回光返照"吧。外曾孙钱昕宇问："阿太哪里去?"孙子回答："上天去了，天上比人间好。""上天干什么?""当超人，当仙人了。"

丧事低调，从简进行，灵堂设在苍南县城塘北东路旧宅，这五层高楼是黄丽孺人亲手筹建的。矾矿不少工人随着娘家亲戚来了，平阳县委招待所十几位老同事来了，康乐花园的许多邻居来了。北京刘锡荣、张鸣清、谢云、黄涛会、王先成先后发来吊唁电，谢云与黄传会还托人送来礼包，另外还有数百人都送来了礼金，这些馈赠都被我们谢绝了。松龄子、世平子偕同几位道长带果品香烛来为逝者超度。平阳县政协常委、道教会长吴崇悦也赶来了。厦门高等法院院长朱珍纽一家人来了，南普陀方丈则悟发来吊唁电，原浙江省人大常委、省检察院常务检察长钱忠贤赶来了。钱昭鑑从西藏日夜兼程回来了，挚友黄祥源从新疆赶来了，平阳领导干部郑兆麟、郑杰父子连夜来了，伍兆澄、陈崇贵、范少波、陈肖粟、陈敏、周立坦、陈盛奖、张君、陈赛珠等带着二十来副的挽联来了。从北京、上海、杭州、江西、福建许多亲戚朋友都选择最快的交通工具赶来了。苍南县的四套班子领导刘晓骅、苏庆明、张传君、林森森以及林征千、郑益磐、杨学棒、郑昌黎、宋志远、郑益望郑书等等一直在帮忙。

据不完全统计，参加追悼会有八百多人。追悼会由苍南县原副县长、现县人大副主任王宗泽主持。逝者小儿子郑水园代表亲属讲话，持续一小时，会场寂静鸦雀无声，人们在回忆浮云样的世事，思考人生。出殡了，人们怀着敬重的心情向黄太孺人告别，一见那五十岁左右照的遗像，不觉笑逐颜开。年青人说，仿佛是位三十来岁的壮年人，年岁大的人说，她还是金婚、钻石婚时见到的老样子，还是那么大方，那么朴实，一副秀丽的容貌，名符其实的“丽容”。

（二）

黄丽容女士，于1933年农历5月的最后一天出生在浙江省苍南县矾山镇中岙村一个衰败了的工商业者家庭。在矾山街还有几间房子，用于酿酒做店面。抗日战争时期，中共鼎平县委书记陈百弓以及朱善醉、吴荣膺、吴荣地、蔡爱凤、张传富等等同志经常在中岙活动。父亲黄涛（原名黄传九）是位有武功的义士。他与张传卓、庄琴参与了霞关起义，结果三人被捕关在平阳监狱，受尽折磨。后来庄琴、黄涛二人被保释出狱，张传卓与郑明德牺牲了。正在此时，当局烧毁了中岙屋后的用于地下党开会的小平屋，黄丽容的妹妹黄丽珍受惊后得了精神分裂症，幸有老区领导的关心，能五次到福鼎精神病院治疗。后不幸被精神病人打死，骨折多处，悲惨地离开人间。黄丽容女士的父亲坐牢时，家庭经济极度困难，被霞关镇林新敷（林竞烈敷的哥哥）郑龄华夫妇收为养女，在霞关上了一年小学。林新敷于1948年去台湾，林烈敷也于次年赴台湾。1949年后，黄涛、庄琴二人又走了漫长的坎坷曲折的道路，政策落实后，终重见天日。参加霞关起义的三义士都列入浙江革命斗争史，在霞关起义纪念亭，南坪革命纪念馆都竖立了碑，所被占的房屋也归还了。母亲卢燕雪，为拯救陈百弓同志重伤竭尽全力，请医购药，长期为党传递信息，隐藏地下党人员，也被认定为爱国民主人士，每月给予生活补助。黄涛在潜逃奔波期间，曾为病重的母亲割左股奉亲。因此在黄氏宗祠中有为黄寿耀写的联句：

> 中岙奉亲割左股，至孝传家，扬声闽浙；
> 霞关起义入铁窗，尽忠抗日，记书碑铭！

1995年5月6日上午8时，在中岙村召开爱国民主人士黄涛、卢燕雪追悼会，县委领导与有关人士组成了治表委员会。丧事极其哀荣。这是黄丽容女士辛勤一手操办的，连同她为夫家参与操作的两场丧事，得到梓里普遍的赞扬。

随后，黄女士与本村干部商量，自己带头献资，发动群众有钱出钱，有力出力，建成了一条从文昌路口经中岙村到耶稣堂的公路。这条公路十多年后，又经过慈善人士的修整，更为宽敞平坦了。

矾山街原住的房屋归还后，售得四万元，全部用于老人的丧事，中岙尚有一间房屋，考虑到当时堂弟黄嘉旺一把锄头养一家七八口，便将此房无偿赠送给黄嘉旺，并办妥转让手续，让他不再去办房产证。

根据中国传统风俗，得众人的赞同，黄女士还将已获法学硕士学位、哲学博士学位的小儿子郑水园一半继嗣黄氏，作为黄涛（黄传九）公的孙子，兼嗣郑登记两家，以延续香火，直至千秋万代。

（三）

在繁忙的本职工作以外，黄太孺人将培养教育下一代列为头等重要的任务，数十年坚持不懈。太姥郑冰天在华东政法学院读书期间，两个女孩都赖曾外婆抚养长大，钱晶晶小时候经常由曾外婆背着。晶晶学成工作以后，还不忘长辈养育之恩，总想挤时间带着自己的小孩到长辈坟墓看看，不忘中华民族清明祭祖的老传统。不是支边支农对象的次女郑霜枝悄悄地去报了名，直到居民区下通知要开支边人员会议，黄太孺人才知道这件事，她认为女孩这时正是读书长知识的好时期，不能荒了学业，于是她就赶到会场，据理力争，由于群众支持，当局只得将这个名额退还。下半年，霜枝刚好上高中，当局更以无理的借口，不让霜枝念平阳一中。此时笔者正在杭州改稿件，于是夫人就果断地去找当时的县教育办公室副主任刘德练，刘曾与笔者下乡蹲点时相处过。刘以同志间的情谊为重，写了一封转学证明书，连说："不要让别人知道。"夫人随携带证明信，包括高中录取成绩单赶到福建省福鼎县，经多方支持，终于由福鼎县高中录取，两个学期后仍转学到平阳第一中学。有了这一次经历，后来霜枝才鼓励自己的女儿中学毕业以后，到澳大利亚留学，后女儿获得硕士学位。

晚辈翻开旧照片，惊奇地问母亲"过去我们家很清寒，为什么旧照片上所穿的衣服还那么整齐入"时，母亲回答："平常所说三分吃，七分用，一个家庭怎么吃，怎么用，事先总应该有个划算，不能吃光用光，哪来身体健康，人要一种精神，要有志气，人穷志不穷嘛。"言志楼的成年人中大部分已经达到大学本科以上文化程度，其中有六人获得硕士学位，一人获博士学位，另一位正在攻读博士学位，子孙后辈学有所成，其中有很多因素：国家的优良环境使然，也是母爱心血的凝结。

（四）

"文化大革命"时，一家人先后避难于温州艺人之家、吴荣膺同志家和郭公山上郑立兴姑妈家。许多亲朋好友时有交往。老艺人岩法先生是常客，一天他到我住处摸出身上所有的人民币放在小桌子上，说："你们不嫌少，这些就给你们家孩子买水果吃。”夫人非常激动，坚决不接受收入菲薄的老艺人的钱，但我难以拒绝老艺人的真情，便收了 10 元，其余的钱还给他。后来他回平阳京剧团，逢年过节，夫人总是请他到家里来，当作长辈款待。以后不久，一位姓陈的邮电局话务员主动送来 10 元钱，三年后经过再三说服才还了钱，他们的恩德却永远还不了呀。包括后来自己置房子，不少朋友亲戚前来帮助打地基，借我钱，温从震与林旭伉俪还主动送来木料。

夫人信奉佛教，但并不排斥其他宗教，经常去道观、耶稣教堂与方外人士结缘。每到一处，或多或少投放一些钱到资助箱里。经过社会的磨炼，她对慈悲为怀、助人为乐有了更深刻的理解，更自觉地予以力行。

上文提及，她带头献资，发动大家共同筹建一条公路和赠送房舍给堂弟之事，这里不再赘述了。

有一年冬天，老城有位渔民因家遭火灾，并有一女孩被火烧死了，于是登门求救，她听后十分同情，赠送他棉被、被单、衣服和大米等有一担让他挑去。三年后，这位渔民家况好转，挑了一担带鱼表示感谢，夫人只拿了三条，其余让他送给当时曾赠物给他的其他人。

有位姓高的卖玻璃的师傅为我家嵌玻璃，不慎伤了手臂，夫人立即陪他到医院治疗，高师傅颇感动，后来成为关系密切的朋友。高师傅原是小学教师，因冤案被开除，夫人帮助他处理了冤案，办理了退休手续。随后又介绍他的女儿与广播局技术员之子结婚，更使这两家万分高兴。这次夫人仙逝的消息他们得知很迟，虽然高师傅已作古，但其他家人仍打来电话，声声哭泣，深感痛惜！

鳌江乡下有个农民，妻子怀孕将临产，有关部门认为她提前怀孕应流产。这位农民跟夫人商量后深得启示，经过这一关，终于生下一个男孩。如今男孩大学已经毕业，并走上工作岗位。得到夫人辞世的消息后，一家人赶来跪在灵前，表示深切哀悼。

原平阳县政协副主席王华冕同志得到信息时，我们已办好一切后事，但他还是叫女儿开车一起来苍南，他花了不少时间，才找到我的住处，见到门楣上高悬苏步青先生题的“言志楼”匾额，不觉掩着双眼号啕不已，依依不舍地离去，旁人赞叹：“这位干部真重感情，实在令人敬佩。”

数年前，有位远房侄儿出远方谋生没有路费，她获悉后随赠一些钱。这次噩耗传到他工地，他来电表示沉痛哀悼。如今这位侄儿收入很高，大大超越小康了。

三十多年前，我住院治疗痔疮。一天，外科病房有位农村妇女，说自己的儿子肠里有病需要手术，向病员与陪护人求助。夫人知道后，拿出几块钱，又帮助她到各个病房求助，凑上了百元给这个妇女，隔了一天，不见那个妇女的踪影，原来是个骗局。夫人将钱还给多位乐助者，乐助者不愿让好心人赔钱，也就算了。

杭州庆春路与建国北路交汇处有个菜市桥。桥堍街头常有一位英俊的青年在放声歌唱，歌曲优美，主题健康，吸引了许多过路人的倾听，有的人还会给钱。我与夫人两次经过这里，夫人每次都投给 10 元钱。可是城里管理员不让他唱，激起群众对歌唱的同情与支持。夫人也说："这不影响交通，不影响社会秩序，不给歌唱是毫无道理的。"城管人员只得离开。

多少年来，夫人对上门筹募修桥、造路、建凉亭的都一一给一些钱，在路边碰到求救的身体有残疾的人或求助的贫困学生也尽可能地给予帮助。为此，她往往在路上耽搁不少时间，但她一点也不在乎，总是乐融融的，助人为乐！

(五)

昔日家庭经济不宽裕，大家对过生日不当一件事，很随意。近三十年来，一家人经济较富足，每年都过生日，子女们也都很孝顺。父亲是中秋节生日，谁也忘不了，为了记住母亲的生日，有的在日历上的农历五月最后一天标了记号，有的在笔记本上记上日期。举办生日时往往是找较有特色的酒家会餐，有一年竟在西湖一艘船上宴会，看看平湖秋月、白堤、苏堤和三潭印月的夜景。

2012 年农历五月最后一天，天气很热，一家四代共二十三人，从天南海北聚集到西子湖畔，为母亲做八秩寿辰地址在盛产桂花的满觉陇路一号桂客山庄。酒后品名茶金骏眉。还在院子里鱼池旁拍了全家福。她多次说："这是很有意思，也是很有意义的一次宴会。"

2013 年春节后，回到温州苍南县城老家，她一再拿出全家福端详，"真不容易，一家四代人全齐了"。于是我想起十多年前，金婚盛会后，将苏步青先生题的"言志楼"匾额复制四方，并在匾阴题了《言志楼记》，分赠二女二男，让他们发扬言志楼求知、治学、创业精神，读万卷书，行万里路，结万人缘，尽力成为有高尚道德之人，有文化素养之人，有专业技术之人。如今第三代共六人已书业有成。在夫人的支持下，又复制了六方匾额，挑选最好的木料由雕刻家精工雕刻而成，还贴上真金，悬挂在厦门、杭州、苍南、平阳等地的藏书阁。据初步统计，十一个藏书分舍有藏书逾七万册。其中从日本购进的一本书，统一百折，就花了九万多元。毕业于英国诺丁汉大学英语语言研究院专业，获文学硕士学位的孙女(第三代)郑笑怡，近日出版一本英文著作 *On Intercultural Communica tion Competence of Chinese Oversea Students*《海外中国学生跨文化交际研究》，此书由浙江工商大学出版社出版。奶奶看了这本书对郑笑怡说:“你年纪轻轻就能出 20 多万字的英文著作,这是值得肯定的。但学海无涯,你才刚刚起步。你到过南雁荡山,溪流从上而下,而为学如竹筏,从下而上,一篙也不能放缓!”笑怡听了,频频点头,陷入深思。前几年,外孙女钱盈盈将所编的有关联通杂志带给外婆过目,外婆同样鼓励她,并要求她更认真地去做文字工作,白纸黑字绝不能马虎。

一生忙碌的夫人,谈不上对戏曲艺术有什么喜好,但对越剧却情有独钟。十多年前,次女霜枝的好友周小芬从海外归来,她是著名演员徐玉兰、王文娟的入室弟子,如今也是明星级演员。刚好我俩也在上海,随一起邀请到一家大酒店吃饭。席间,徐玉兰说了一些走上越剧艺术之门的缘由,也说了当演员出外散步之不便。有一次,她俩在上海外滩漫步,马上有好几个戏迷来请求签字留念,并希望她们唱一二句戏文听听,人越聚越多,几乎阻碍了交通。幸好有位过路人打了“110”才解了围。我也看了《红楼梦》的现场演出和王文娟演的现代剧的,与她们谈得颇投机。后来,拍了一些照片,其中有一张是我俩与徐四人的合照,这张合照一直珍藏着,大概两三年后,合照不见了,找了好几处书房,不见踪影,夫人一直耿耿于怀。后来见到徐王二位的学生演出的电视剧,勾起对往事的回忆,更感到无比痛惜。幸好周小芬得知后,送来《徐玉兰传》和王文娟《天上掉下个林妹妹——我的越剧人生》才解了夫人对越剧表演艺术的强烈的饥渴!夫人谢世后,这帧合照又找到了。

夫人眼光很远,胸怀很宽,善于待人,有不少方外人士——和尚、尼姑、道人、道姑等成为她的座上宾。有一次,几个人在闲聊,有人问夫人:方外人士中谁最有佛骨?夫人不加思索地回答:李叔同先生。他红尘看得破,放得下,所以能修成正果。

李叔同先生于 1918 年,三十九岁时在杭州虎跑定慧寺出家,法名演音,号弘一。是年九月,入灵隐寺受具足戒。这两寺,夫人每次来杭州一般都去参拜,尤其是参拜虎跑寺内弘一法师的灵骨塔。1921 年弘一法师来到温州庆福寺,就是城下寨,掩关治律。先生居温州将近 10 年,夫人曾跟我随唐瀑先生来到城下寨,这里曾办过化工厂,木柱上还写着弘一法师撰写的半副楹联,其他一无所有。不久,夫人与我来到半山庵,就是广慧禅寺,与主持人振空法师谈及弘一法师。振空法师说:“我出家后常去城下寨,弘一法师曾顺便写了‘南无阿弥陀佛’六字送给我。有一次他乘轮船到宁波,我还帮他将行李背到朔门码头,送他上船。”我俩建议将弘一法师的墨宝放大镌刻在正面墙上,他说这是数十年前的事,那几个字早就消失了。数年前,一家人到上虞做客,听说弘一法师多次来过白马湖,夫人就十分兴奋,主人就安排车子前往了。看了刘愤平、夏丏尊等人集资建造的晚晴山房，昔日还组织了“晚晴抒法会”，夫人很受感动，居士们集资为弘一法师盖住所，让他安心钻研佛学，真是功德无量。弘一法师在方重建闽南，如福州鼓山涌泉寺、泉州承天寺、厦门万寿岩、晋江草庵、南普陀寺、鼓浪屿晓岩、泉州开元寺、同安梵天寺、南安灵应寺……以及最后圆寂于泉州不二祠温陵养老院晚晴室，她都一再去过，感悟弘一法师的德行。大约十多年前，我俩来到泉州开元寺，有幸见到弘一法师当时的侍者妙莲法师。我于四十年前与马骅、唐湜、洛雨渚先生作南国旅行时第一次见过他，他曾赠我一本《寒笳集》。

最后谈到弘一法师圆寂那几天情况，他说弘一法师当下遗信三封，分别给刘质平等人，遗信中写明白已圆寂的日期为九月初四，并书“悲欣交集”四字，是为绝笔。内人听法师讲弘一法师圆寂，即跪在蒲团上，频频顿省，虔诚至极！弘一法师遗信中只当着往西日期空格，文字是后来加上去的；但在《弘一大师传》中的遗书手迹却说是弘一法师圆寂前亲笔写的。（此事尚待研究。）杭州虎跑完慧寺弘一大师舍利塔和泉州清源山弘一大师塔，是近十多年常去的。每次她到塔前瞻仰时，都虔诚地默默合掌致敬，停立良久才退下。

在基督教徒中，夫人最敬佩的是宋嘉树、倪桂珍夫妇。他俩祖居中国海南岛文昌县。她说别论宋嘉树夫妇漂洋过海奋斗奔波的历程，就说一家人培养出宋霭龄、宋庆龄、宋美龄、宋子文、宋子良、宋子安六个杰出的子女，也应该算是震惊天下的大事。因此，在言志楼藏书中有关宋氏的传记她皆一一看过，即使刊发在报刊上的有关文章，她也喜欢过目，看了多种《宋美龄传记》或《宋美龄画传》。她说，抗日战争最艰难时期，宋美龄到美国白宫向议员们演说，说中国人民在日本侵略者的压迫下，过着暗无天日的生活，希望美国伸出援助之手，于是美援不断到来。在重庆防空洞里，宋美龄与孤儿、妇女、老人共患难、同生死。那时中国还没有空军，宋美龄建议并参与了空军，让世人看到飞虎队。1943 年 11 月，在中国、美国首脑开罗会议合影上，宋美龄也能与罗斯福、邱吉尔等首脑们平起平坐。夫人说：宋美龄真是个没有头衔的杰出外交官。宋美龄一百岁时，在纽约人们向她祝寿，还播放了抗日时期宋美龄在白宫的演说录音，其英语流利、优美、动听，令人永远难忘。宋美龄还在美国开了个画展。以上情况是在美国留学的小儿子电告他母亲的。夫人高兴极了，逢人就说，活到一百岁很不容易，一百岁时还举办个人画展更是不容易。历年来，夫人去了南京美龄宫、江西庐山牯岭美庐、福建武夷山顶的美龄宫、莫干山上宋美龄住过的别墅，每到一处皆流连忘返，有时还坐下来讲宋美龄的故事给人听。有一次坐在杭州西湖满觉垅，石屋洞侧石磴上，夫人突然问说：“老蒋因去世后，台湾曾有人建议让宋美龄当国民党主席有没有这回事?”我感到特别很奇怪，她从来不谈政治上的话题。我又问:“你是从哪里听来的?”“是家里那部收音机外电报报道的。假如真的让宋美龄当上了,李登辉就上不来,台独也就不会那么猖狂了。”三年前,由大女儿等陪同,我们到了贵州国民党将领何应钦的故居,故居颇大,陈列了何应饮受蒋介石之命接受日本受降仪式的场景,也浏览了何应钦其他事例,展厅里有宋美龄赠给何应钦夫妇两张国画作品。夫人在画前频频点头,难掩对宋美龄的敬仰之情。

(六)

夫人遵循圣贤处事的古训:惟宽惟厚。她自己为人处世,以慈悲为怀,谨言慎行。在平凡人群中,杨济绸、林声钧等几位是她永不忘怀的。她深知登天难,求人更难。凡有人需她忙的,即便是区区小事,她从不疏忽,感恩在心;让她吃亏的事,她却对人宽容,再宽容。近二十多年来,我与夫人大部分时间都在杭州、厦门。但夫人对上述友人都一再谈起,打算再一次向他们表示谢意。为什么夫人有这么强烈的感恩之心?这原因却有复杂,不是一两张稿纸就说得清的;还是按夫人宽容待人的本意,让平生所有的不愉快的事情,所有怨恨,都随鳌江湍急的潮汐,流入大海,漂向远洋。夫人讲宽容,不记怨恨,并不是不分是非,不分善恶。子女们让我俩去了许许多多的地方,就是日本未曾去过。他们做了许多打算,乘飞机去,或在厦门乘大轮船去,夫人只是笑笑,不做明确表态,实际上就是不想去。前年,在杭州一家会所碰见一位姓王的老友的儿子,他在日本定居多年,热情地邀我们到日本玩玩。他说,过去人们都说日本人坏,其实并不坏,去看看日本的风光吧。夫人回话:“小王,你这几年在日本,对日本有深一层的了解,所以说日本人并不坏。其实,抗日战争时期,你还在你母亲的肚子里。你父辈受到日军的欺凌。不要说南京大屠杀,就说日寇过境时的桥墩的情景,就能知道日寇的作为。应该说,日本大部分的人是好的,可这段历史决不能忘记。”夫人婉言谢绝这位老友后裔的邀请,为的是保持中国人的尊严。

(七)

2012年春夏之交,我们来到了祖国的宝岛——台湾。除了旅游观光以外,主要是夫人要拜访一位从未谋面,如今已近晚年的妹妹林丽珠。原住苍南县霞关镇八角亭畔的林新敷、郑龄华夫妇于1948—1949年先后到台湾去了。原是林新敷,郑龄华夫妇之养女的黄丽容仍回矾山老家。

电话约定,双方在台北某宾馆碰面,双方都不必宴请。林丽珠准时与方启成，吴荣瑞从高雄赶来了。亲友卢忠明、莆芳兰也从台南来了。夫人与我以及女儿将他们迁到客厅还未坐下，黄丽容与林丽珠两人便抱头大哭，凄凄惨惨戚戚，座中宾客无不动容，整个楼层沉浸在悲凉的气氛中。有人说："同是天涯沦落人，不要过分激动，还是坐来下慢慢诉说衷情吧。"

姐妹俩分别叙述了作为养女的历程，共同感谢养父林新敷、养母郑龄华养育教诲之恩情。黄丽容讲养母郑龄华在大陆老家的情况，并为延续林氏香火做出种种努力。林丽珠较为具体地讲了养母卧病在床治疗的状况，并对大陆亲友为养母的逝世发去吊唁电等表示感谢。我随即将《郑立于楹联选集》奉上。因为集中有悼念台湾郑龄华女士的联句。黄丽容还对台湾高雄、台南来的亲友说，大概是六十五年前，叔父林烈敷先生为了竞选国民代表，亦回到苍南县霞关镇老家，就住在霞关镇家里。他对来访者讲述自己考察中国西北的艰辛历程，和撰写《新疆纪略》《西北丛编》的经过以及向孙中山先生奉上建设西北意见书等情况，我随即讲话："台北《温州会刊》主编郑行泉曾多次给我来电来信，说林竞先生（即林烈敷）的灵骨如今还停放在台北善道寺，最好能落叶归根，归葬在苍南南坪古墓。老家那边已经做了一些准备。"林丽珠说，叔父的女儿林妙音已经八十多岁，身体也不好，看来大家还要再做努力，让先人含笑于九泉。

姐妹俩谈到如今家境时，都十分欣慰。林丽珠一家人在高雄，生活过得很富足。儿子大学毕业后在台北医院工作。黄丽容一家有两女两男，都学有所成，如今别住在苍南、杭州、厦门等地。姐妹两家人今后经常走动。海峡两岸，同祖宗，同血脉、同语文、同习俗，就是一家人。六十甲子积累下来的国事、家事，不可能在几个小时内讲完，快晚上十点钟了，姐妹俩只得互送一些名画、丝绸一类的礼物，准备暂时分手了。姐妹俩从楼上到大门外，仍然是紧紧地握着手，殷切渴望不久后能再一次见面畅谈，姐妹俩怀着喜悦的心情，嘴角挂着微笑，双眼噙着热泪，默默无声，双手握得更紧。此时无声胜有声，暂别了，日后不久将在大陆老家见面，痛痛快快地干一杯！

万物无常，世事无常。谁料得到，丽容、丽珠姐妹俩这一次的暂别，竟成生死诀别；姐妹俩第一次在台湾见面，竟成为最后一次见面，永远盼不到的再一次见面。姐姐走了，无忧无虑地离开人世，羽化登仙了。

离别匆匆，以送别联语作为结束语。联曰：

世事似浮云，变化无穷。喜贤妻脱凡座，入仙境，
悠闲度日，展眉盼望雨顺风调
人生如幻梦，深沉莫测。看愚叟者诗文，挥笔墨，

忙碌经年，屈膝祈求国泰民安

郑立于2013年6月11日清晨于苍南县城塘北东路99号言志楼

送别智慧善良的妈妈

谢谢苍南县人大常委会副主任宗泽先生主持今天我妈盛大的哀荣的送别会。

我妈妈七号晚上原定坐动车到杭州，结果老太太糊涂，上错动车了，上了开往西方极乐世界世界的动车，听说回程票还很不好买。但愿她老人家在西方极乐世界过得幸福、快乐。

回顾妈妈她老人家走过的八十一年人生历程，她老人家这辈子还是非常幸福的。

妈妈生活在一个大户人家，我不知道如何来界定过去的大户，但有两件事让我印象深刻。我的外公、外婆四十年代便是追星族，为了看梅兰芳的演出，从老家矾山跑到上海，过去交通不便，光是路上来回便是要个把月的时间。一九四九年我父母结婚时，结婚启事刊登于当时的《浙南日报》，启事上列了结婚宴请的时间、地点及证婚人、介绍人等，可窥婚事之隆重。妈妈生活在这么富有并有极高生活品味追求的大户人家，我想她老人家的童年是非常幸福的。

妈妈的中年生活也是非常幸福的。尽管经历了“文化大革命”，但那是全中国人民的共同体验。其间我们家经历了惊险的逃难生活。“文化大革命”温州地区最严重时，我们家从温州逃离，全家坐渔民的帆船在海上漂了三天三夜，想进鳌江港又不敢进，最后船到了赤溪，停留一天后徒步经矾山，到福鼎亲戚家落脚。一路上惊心动魄，逢凶化吉，最终有惊无险。回忆这段历史，妈妈非常得意，因为这个线路是她设计的。这段经历对我们的人生历练都极为受用。“文化大革命”前后我们家并不宽裕，但在她老人家的精心经营下，我们家无论精神生活还是物质生活都过得非常富足，感觉幸福指数比现在还高。

妈妈的晚年过得相当安逸和幸福。我有两个对父母特别孝顺的姐姐，在父母年迈的时候，她们带着父母到全国各地旅游，前些年还陪他们游览了东南亚各国，大前年还陪他们游览了欧洲多国。登上了海拔两千多米的瑞士阿尔卑斯雪山时，看到很年轻人还须带着氧气面罩，而他们什么都不需要带，他们乐了。他们在杭州居住，有两位姐姐悉心照顾着，回到苍南老家更有我哥哥的精心照料。我哥哥每天都要打电话来过问父母的饮食起居，每一两天都把菜烧好送到父母家。就是我这个做小儿子的比较差劲，没能为父母做什么事情。

作为母亲，妈妈培养我们做人的品格。记得小时候，所有来过家里的父母的朋友都说我们家的家教特别好，这也是我们现在教育孩子时要保持的。在妈妈的教育下，父亲未落座时，我们小孩子是不能动筷子的，吃饭时手要端着碗，不能大声说话。家里有好东西都要留着接待客人。家里来客人我们小孩子要沏茶、送茶更不待说。记得我七岁时，就会给煤球炉起火、烧开水、烧饭。妈妈在吃苦耐劳和诚实信用方面对我们的教育，是通过她自己的身体力行，润物细无声的方式。正是通过她的的身体力行，我们体会并实践了仁义礼智信、温良恭俭让。她对我们的教育真有很大的影响。

作为妻子，她是父亲的贤内助。她在树立父亲在家庭里的权威方面，不遗余力。家里的重大决定，哪怕是妈妈决定的事情，她都让父亲来宣布，积极配合，让父亲成为我们的精神领袖，而她始终辅佐着。妈妈掌管财政大权。爸爸有项目需要支出，妈妈都会很快批准，再有困难也会想方设法，从不打白条，比现在政府财政局长的信誉还好。妈妈做的一手好菜，在父亲的朋友圈中是出了名的。受她的影响，我们四个子女在烹饪方面也各领风骚。七十年代，我们家中就有烧木炭涮火锅的铜锅，那时特别稀罕，县机关很多领导家里有重要接待都要轮番到我们家借。作为贤内助，妈妈一辈子都是低调、内敛的。父亲今天的成功，有妈妈很大的功劳。

作为家里的总管，妈妈勤俭治家，经营有方。我们父母工资都不高，培养我们四个子女成人已经不易。妈妈在退休后还分别在平阳苍南杭州添置了三个物业。她放在我们几个兄弟姐妹手里的投资，实行相互临督的方法，同时还让重要的亲戚朋友知道在我们手上的投资，实行民间监督。我本来有私心，想叫老太太把杭州的房子送我，还没来得及签协议，老太太很狡猾，她溜了。

作为一个女性，她善良，充满爱心。十几年前，她看到我外婆老家的机耕路机动车无法行走，她自己带头出资，并倡议乡贤积极参与，修好了一条漂亮的水泥马路，在矾山老家传为佳话。她带我们串门最多的不是有钱的亲戚朋友家，而是家境不是特别好，需要我们帮助的家庭。尤其“文化大革命”时我们一家人逃难过程中帮过我们的人，更是作为恩人，要我们时常想着，走访看望，滴水之恩当涌泉相报。她花了很多钱帮助郑家祠堂和黄家祠堂的修建，自己却省吃俭用。厦门居住期间，出门不舍得坐出租车，让我司机送又怕麻烦人家，硬是去挤一元钱的公交车。在我们心目中，她老人家就是一个活菩萨。做人的最高境界是修身齐家治国平天下，妈妈作为女性无意治国平天下，但她在修身齐家方面我觉得已达到登峰造极，无以复加的地步。在她老人家身上体现了中华女性所应具有的全部美德。

各位挚爱的亲朋要是同意我的总结，给我一些掌声回应好吗？（现场鼓掌声雷鸣）

妈妈都听到了，感谢大家。

妈妈一辈子都常怀包容之心，感恩之心。我们家从新中国成立后到现在，在平阳和苍南各生活了三十多年，这几十年得到太多亲戚的相助，妈妈常常念及并时常提醒我们不忘恩情。全国各地发来唁电和今天来到送别现场的挚爱亲朋都是有恩于我们家的，都是我们的贵人、恩人。最后，我代表我们家人对各位挚爱亲朋冒雨来送别表示诚挚的谢意，感谢大家，感恩大家。

不肖子郑水园

2013 年 6 月 11 日上午 8 时于苍南县城塘北东路言志楼

附　录

悼念郑府黄氏太孺人挽联选集

见像忆萱堂，儿字常呼声永寂
思恩挥血泪，无私反哺愿偏违

（阳男郑萍野郑水园　阳女郑冰天郑霜枝）

哀　挽

同事昔登门，音容笑貌留心底
瑶池今赴宴，淑德芳规在世间

（阳世侄黄志林、杨学棒敬挽）

桑梓遍传扬，岂只吾侪瞻淑范
婺星今坠落，堪称南国纪徽音

（阳世侄吴在毅敬挽）

丽蓉女士千古

蕙质兰姿归阃苑
琼林玉树绕阶庭

（萧耘春挽）

悼郑府黄老夫人仙逝

相夫课子，淑德早标彤史范
礼佛慈帏，仙踪空溯白云乡

（吴招廉敬挽）

故郑府黄氏太夫人千古

本县莲池座上宾，修成正果
掌怀慈母手中线，难报春晖

（阳世侄陈世郎敬挽）

黄丽容与孺人千古

福宕千年藏玉骨
寿堂四处得仙风

（平阳县出法协会 / 平阳县作家协会 敬挽）

悼郑府黄老夫人仙逝

音容宛士，在蝶化竟成辞世梦
懿德长存，鹤鸣犹代作步灵声

（后学陈肖粟敬挽，招廉敬书）

悼郑府黄老夫人

相夫言志，堪称贤内助，巨细躬亲，挽车提汲鲍宣潇洒，名山事业述先哲
教子成龙，鹤是厚福人，佛山同证，净土蓬山阿母逍遥，阑苑遗徽裕后昆

（后学陈盛奖敬挽、招廉敬书）

郑府老夫人千古

萱堂遗德千秋在
慈泽惠人万古存

（王文标敬挽）

黄丽容女士千古

梦不醒来，寮鹤空想华表月
事都撇去，桃花那恋武陵春

（平阳县方志 陈世兴 李成兼 余益龙同挽）

郑府黄氏老孺人千古

美意延年仁者寿
清修驾鹤德风长

（晚生林勇贺挽）

白水长吟，绰英灵赴天上
赤坪坡素昭，美德识人间

（阳世侄郑宗用敬挽）

黄丽容太孺人千古

慈竹当风空有影
晚萱细雨永留芳

（平阳县文联周立坦　周黎明敬挽）

悼念黄丽容女士千古

鸡鸣戒旦，断机劝学，勤修妇德
鹤驭匆催，隐蘩埋香，逐尔仙逝

（谢振翼　苏世敏　张祖芬　钱青梅同敬挽）

黄丽容太孺人千古

谢别人间来白鹤
千年好景在青天

（晚生张君敬挽）

外叔母大人千古

烟而凄凉，万里霜光凝血泪
音容寂寞，千溪流水现哀声

（外孙侄朱为碧敬挽）

悼念郑府黄氏太孺人仙逝

闭范垂形，贤推梓里

婺星隐曜，驾返瑶池

（阳晚生温从杰敬挽）

黄丽容太孺人千古

身为松柏徵祥瑞
品似梅兰希温馨

（晚生陈赛珠敬挽）

沉痛悼念郑府黄师母逝世

谦和处世，宽厚待人，蕙质兰心光宝汉
恩惠乡邻，母仪梓里，嘉风懿德铿后生

（晚生陈南村　陈宝鸾同挽）

悼念郑府黄氏太孺人仙逝

彤管高标，共饮淑德
仪容顿失，空仰徽音

（阳晚生廖一德敬挽）

悼念郑门黄氏老孺人仙逝

慈颜勿散归蓬岛
懿德长存耀日辉

（阳晚生林英才　庄明辉同敬挽）

悼念郑府黄氏老孺人仙逝

空注修心，生当有福
失容隐婺，逝去同悲

（阳晚生黄祥源敬挽）

福宕千年藏玉骨
寿堂四向有仙风

（平阳县作家协会敬挽）

俭仆一生当典范

勤劳半世传嘉风

（苍南县文联挽）

宝婺光沿天上宿
莲花重现佛前身

（晚生陈南邨挽）

幽兰仍觉遗风在
宿草何曾润雨干

（鲍克让挽）

天命难违，自古难能千丰寿考
嘉风永继，后人景仰一世芳名

（晚辈王子斌挽）

万良家教比称懿范成追忆
勤劳德重福佑儿孙永荣昌

（晚生吴南香　林子周　叶宗武同挽）

后 记

看了八大卷约两百六十多万字的文集清样，如释重荷。正像将近一个甲子修订再版的《祖国的矾都》一书中所记述的："明矾从矾山挑出，要经过挑矾古道，挑到四十多里山路的海岸出口，其中要跋涉桦岑(另一说是岑，笔直挂在那里的岭)、险口、小险、大险、乌鼠路(又名老鼠路，只能容老鼠跑的又窄又险的悬崖小路)、坠魂涧，听到这些路名就令人心惊胆寒，何况还要挑着一两百斤的明矾，途中很难找到停息的地方。到达目的地，当然精神为之一振，欣喜不已。

这应该对从深入体验生活，到作品结集出版，直至如今编纂成文集而言。往昔出版的书籍，在每本书的后记中都对有关人士表示谢意。这里就不再赘述了。

原先打算将数十年来刊发在报章杂志中未结集出版的文学作品编为《郑立于文选》出版，随后考虑到矾都正在着手申报世界工业遗产，有必要将《祖国的矾都》再一次再版，并将有关千载矾都的人与事的上百篇未结集出版的作品一起刊出，为自己的故乡——矾都申报世界工业遗产这一极其重要的特大喜事添一砖加一瓦。

未结集出版的各类文学作品约有八十多万字，根据不同门类分别请李成廉、尚少微、陈肖粟、陈盛奖诸君阅看，帮出改正一些问题。从见于各地报刊上的作品，或提供线索，或直接提供作品与复印件，或对文集如何编排较为得当等等，都靠陈景云、林小同、洪振宁、钱昭鉴、黄高凌、郑笑怡、黄志村、刘祥平、陈革新、杨学棒、黄伟龙、蒋久新、周景义、王成槊、林子周、卓蜚皕琴、陈南邦、钱晶晶、张涵、郑雨桐、郑怡然、应一雷、钱俊、娄刚、胡嘉星等许多文友和有关人士献计献策或具体操作。放在文集里的照片不是很多，但将数千张照片分门别类，并加以说明也很费劲。陈景云等诸君帮助拍了一些照片。选择照片放进文集里，最后归档保存由郑霜枝、钱盈盈等几位内行人处理，便于以后言志楼刊出摄影集。兹特向上述文友和有关人员表达谢意。

对各级党政领导暨各级文联、作协领导的关怀与鼓励，深表不尽谢忱。

郑立于

2014 年 11 月初旬于杭州东河锦园言志楼王舍